文治
© wénzhì books

更好的阅读

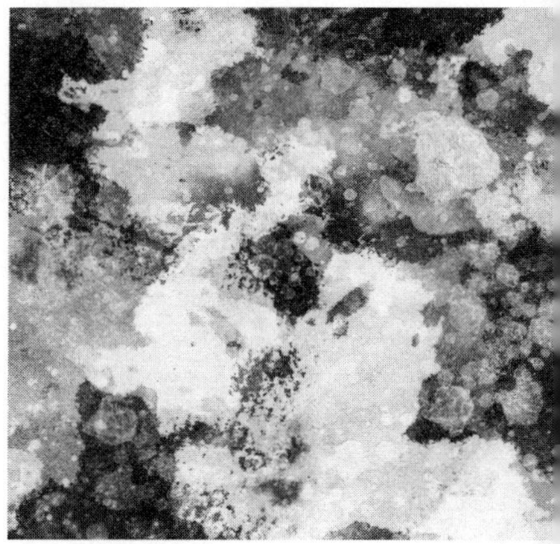

丈夫这东西

〔日〕渡边淳一/著

李迎跃/译

夫というもの

九州出版社
JIUZHOUPRESS

图书在版编目（CIP）数据

丈夫这东西 / (日) 渡边淳一著 ; 李迎跃译. —北京：
九州出版社, 2014.7（2016.1重印）
（渡边淳一经典作品集）
ISBN 978-7-5108-3140-9

Ⅰ. ①丈… Ⅱ. ①渡… ②李… Ⅲ. ①随笔－作品集－日本－现代②男性－心理学 Ⅳ. ①I313.65②B844.6

中国版本图书馆CIP数据核字(2014)第170571号

版权合同登记号 图字：01-2014-5025

丈夫这东西

作　　者	（日）渡边淳一　著　　李迎跃　译
出版发行	九州出版社
出 版 人	黄宪华
地　　址	北京市西城区阜外大街甲35号（100037）
发行电话	（010）68992190/3/5/6
网　　址	www.jiuzhoupress.com
电子邮箱	jiuzhou@jiuzhoupress.com
印　　刷	三河市万龙印装有限公司
开　　本	880毫米×1230毫米　32开
印　　张	7.25
字　　数	153千字
版　　次	2015年5月第1版
印　　次	2016年1月第4次印刷
书　　号	ISBN 978-7-5108-3140-9
定　　价	39.80元

前言

男人不了解女人，女人也不了解男人。这很自然，因为男人和女人分属不同的性别。

男人和女人自存在起便相互追寻。理由很简单，还是因为性别不同。

相互追寻，却相互不了解对方，即便获得了爱也会丧失。

更何况男女之间的关系这几十年间发生了显著的变化。特别是夫妻关系，随着世界日新月异的变化，更变得丰富多彩且颇具变数。

本书就是为步入婚姻的男女们增进了解、稳固婚姻而写的。

在本书中，我着眼于家庭的核心人物“丈夫这东西”，站在一个作家的立场，对丈夫在现代社会里究竟是一种什么样的存在，丈夫的外在表现和内心世界又是如何，进行了探讨和剖析。

看了这本书的内容就会知道，男人或丈夫，会怎样看待自己的妻子以及妻子周围的人，对她们又有着怎样的期待。

我希望因丈夫而苦恼、而迷茫的女性们务必看一看这本书。

目　录

·第一章·

当男人跨入丈夫的行列

不管和多么出色的女性结婚，大多数的男人还是会对结婚成为丈夫一事，在精神上感到一种沉重的负担和压力。

所谓丈夫，不用说就是指结婚之后成为配偶的男性。

为什么要把男性配偶称为丈夫呢?

在古日语里原来并没有“丈夫”这个词，那时丈夫和妻子都同时被称为“伴侣”。《古事记》中有“除了你以外我没有其他的伴侣”这样一句话，就是一个很好的例证。

而且那时确定夫妻关系不需要像现在这样提交结婚申请表，并且办理把一方写入另一方户籍的手续，那时候没有这种明确的法律规定。

但是随着从奈良时代进入到平安时代，一夫一妻这种婚姻形式，开始变成了一种大众化的婚姻形式。

还有，“夫”这个字显然是一个象形文字，“大”字代表“大人”的意思，在“大”字上面加上一横，就像男人在弱冠之时横插入发中的簪子，寓意一个独立的成熟男子，“夫”这个字据说就是这样形成的。

“夫”的发音想来也是从“男的人”演变成“男人”这个发音的。

从这里我们可以看到，“夫”指的是一个独立的成熟男子，然后按照男人们不同的社会职责，派生出“夫役”“役夫”“农夫”“樵夫”“坑夫”等一系列词语。

所以，人们所说的这个“夫”字，不仅表示与一个女子结婚的男人，还包含了一个成熟的男人必须通过劳动获得生活所必需的粮食的意思。

关于丈夫的统计数据

历史性的缘由先谈这些。现在，在日本，被称为丈夫的男性究竟有多少呢?

根据日本《国情调查》（2000 年），在 1.2691 亿的总人口中，结婚男女约为 6513 万人。不用说，日本也是一夫一妻制，所以不难明白其中的一半，即 3256 万人，就是被人们称为丈夫的男人。

这些男人根据不同的年龄层来分，从 20 岁到 29 岁的丈夫约有 176 万人，30 岁到 39 岁的约有 527 万人，40 岁到 49 岁的约有 651 万人，50 岁到 59 岁的约有 795 万人，60 岁到 69 岁的约有 620 万人，70 岁以上的约有 472 万人（见图 1）。

他们由于年龄及社会地位的不同，在家庭中的地位也有很大的不同。而且在有没有子女、妻子是否有工作、收入多少等各个方面，每个人的情况更是千差万别。

图 1　各年龄层男女拥有配偶的人数

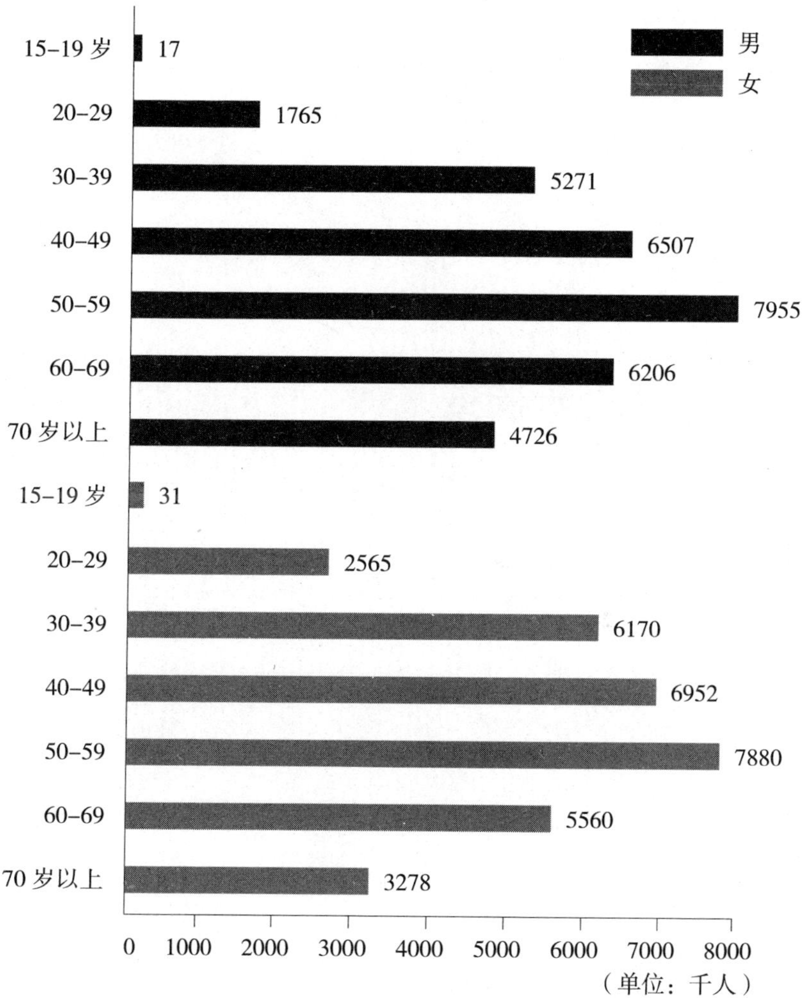

（据日本总务省统计局 2000 年《国情调查》）

图 2　结婚数量及结婚率图

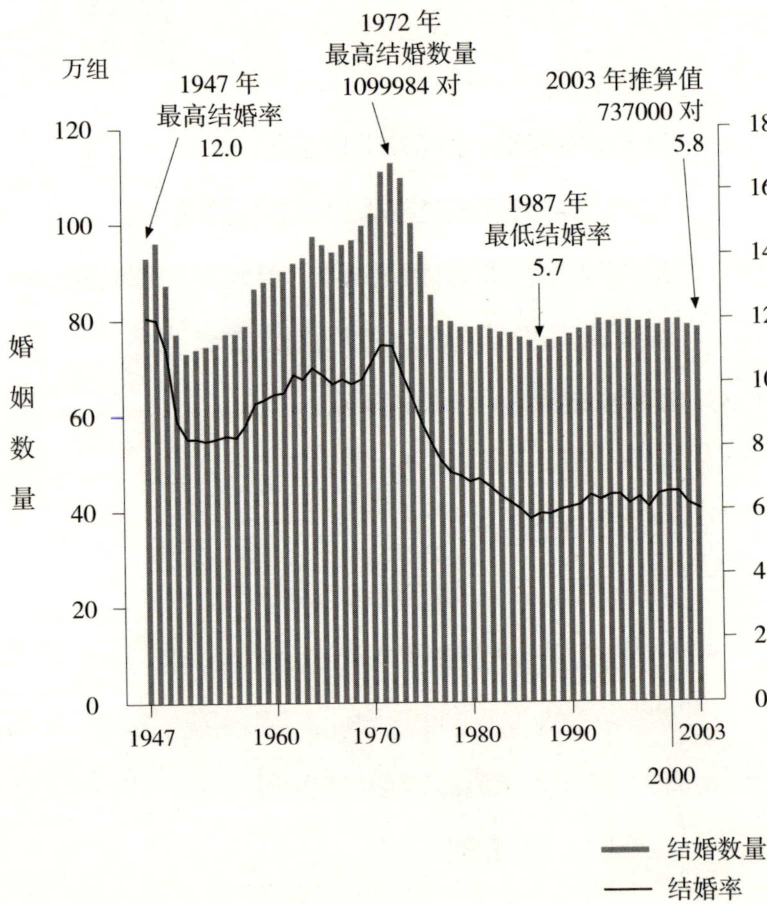

（据日本厚生劳动省 2003 年《人口动态统计年度推算》）

图3 初次结婚平均年龄表

年次	初婚		
	夫	妻	年龄差
1955	26.6	23.8	2.8
1960	27.2	24.4	2.8
1961	27.3	24.5	2.8
1962	27.3	24.5	2.8
1963	27.3	24.5	2.8
1964	27.3	24.4	2.9
1965	27.2	24.5	2.7
1966	27.3	24.5	2.8
1967	27.2	24.5	2.7
1968	27.2	24.4	2.8
1969	27.1	24.3	2.8
1970	26.9	24.2	2.7
1971	26.8	24.2	2.6
1972	26.7	24.2	2.5
1973	26.7	24.3	2.4
1974	26.8	24.5	2.3
1975	27.0	24.7	2.3
1976	27.2	24.9	2.3
1977	27.4	25.0	2.4
1978	27.6	25.1	2.5
1979	27.7	25.2	2.5
1980	27.8	25.2	2.6
1981	27.9	25.3	2.6

（续表）

年次	初婚		
	夫	妻	年龄差
1982	28.0	25.3	2.7
1983	28.0	25.4	2.6
1984	28.1	25.4	2.7
1985	28.2	25.5	2.7
1986	28.3	25.6	2.7
1987	28.4	25.7	2.7
1988	28.4	25.8	2.6
1989	28.5	25.8	2.7
1990	28.4	25.9	2.5
1991	28.4	25.9	2.5
1992	28.4	26.0	2.4
1993	28.4	26.1	2.3
1994	28.5	26.2	2.3
1995	28.5	26.3	2.2
1996	28.5	26.4	2.1
1997	28.5	26.6	1.9
1998	28.6	26.7	1.9
1999	28.7	26.8	1.9
2000	28.8	27.0	1.8
2001	29.0	27.2	1.8

（据日本厚生劳动省统计情报部《人口动态统计》。从 1955 年至 1972 年不包括冲绳县在内。从 1955 年至 1967 年是依举行婚礼时的年龄，1968 年以后是依举行婚礼时的年龄，或是开始同居的年龄，按照最早的年龄计算。）

下面围绕各种具体情况，循序渐进地进行探讨，首先看看每年会有多少男性跨入到丈夫这个群体或角色中来。

日本每年的结婚数量，如图 2 所示。从图 2、图 3 上我们可以清楚地看到，1972 年达到了高峰，结婚数量最多，这一年实际上有近 110 万的男性加入到了所谓丈夫的行列之中。也就是说 1000 人当中，有 10.4 个男人新近跨入了丈夫的行列，当然成为新娘的人数也是一样。

但是结婚数量随后开始逐渐减少，到了 1987 年，结婚数量只有 69 万对，成为结婚率最低的一年。1987 年以后，结婚数量开始出现了一些复苏的征兆，但是增长微乎其微，2000 年的结婚数量也只有近 80 万对。这个数字今后伴随少子化、晚婚化等趋势，只能呈现减少趋势，不会有所增加。

而结婚年龄如图 3 所示，1975 年结婚的平均年龄，丈夫为 27 岁，妻子为 24.7 岁；但是到了 2000 年，丈夫的平均婚龄增至 28.8 岁，妻子增至 27 岁，男女双方的平均婚龄都呈上升趋势。

尤其引人注目的是，妻子的新婚年龄和 1975 年相比，上升了两岁多。

再从日本各地的平均水平来看，平均婚龄最高的是东京，丈夫为 30.1 岁，妻子为 28 岁。还有一个特点，就是和大城市相比，小城市的初婚年龄要低两岁左右（见图 4）。

现在每年有近 80 万从 28 岁到 30 岁之间的男人加入丈夫这个行列当中来。

图 4　日本各地男女初次结婚年龄表

都道府县	1950 年男	1950 年女	1980 年男	1980 年女	2000 年男	2000 年女
全　国	26. 21	23. 60	28. 67	25. 11	30. 81	28. 58
北海道	26. 44	23. 31	27. 64	25. 15	30. 37	28. 58
青　森	25. 13	22. 18	27. 87	24. 39	30. 42	27. 91
岩　手	24. 87	22. 30	28. 27	24. 68	30. 50	27. 82
宫　城	26. 00	23. 36	28.26	24. 95	30. 75	28. 44
秋　田	25. 49	22. 55	28. 02	24. 63	30. 59	27. 92
山　形	25. 52	23. 53	28. 36	24. 72	30. 35	27. 62
福　岛	28. 08	23. 19	28. 22	24. 95	30. 07	27. 43
茨　城	25. 60	23. 74	28. 49	24. 83	30. 76	28. 05
枥　木	25. 65	23. 78	28. 38	24. 88	30. 58	27. 85
群　马	26. 03	24. 50	28. 48	25. 21	30. 25	27. 91
埼　玉	26. 21	24. 23	28. 73	24. 86	31. 08	28. 68
千　叶	26. 04	23. 81	28. 64	24.76	31. 31	28. 78
东　京	28. 19	24. 94	30. 42	26. 26	32. 15	30. 08
神奈川	27. 45	24. 35	29. 33	25. 07	31. 41	28. 79
新　口	25. 57	23. 80	28. 47	24. 96	30. 56	28. 13
富　山	24. 91	21. 70	28. 03	24. 39	30. 35	28. 03
石　川	25. 45	22. 18	27. 98	24. 30	30. 47	28. 13
福　井	25. 39	22. 48	27. 97	24. 32	30. 29	27. 68
山　梨	27. 23	25. 18	29. 15	25. 78	30. 80	28. 20
长　野	27. 04	25. 24	28. 92	25. 48	30. 87	28. 25
岐　阜	25. 94	23. 33	28. 14	24. 60	30. 43	28. 11
静　冈	26. 00	23. 89	28. 66	24. 83	30. 65	28. 16
爱　知	26. 15	23. 69	28. 59	24. 30	30. 53	28. 05
三　重	25. 86	23. 67	28. 14	24. 31	30. 11	27. 76

（续表）

都道府县	1950 年男	1950 年女	1980 年男	1980 年女	2000 年男	2000 年女
滋　贺	26. 56	24. 12	28. 42	24. 62	30. 35	27. 90
京　都	26. 97	24. 16	28. 98	25. 30	30. 90	29. 12
大　阪	26. 99	24. 02	28. 77	25. 07	30. 47	28. 85
兵　库	26. 50	23. 53	28. 60	25. 09	30. 27	28. 54
奈　良	25. 86	23. 71	28. 16	25. 08	30. 63	28. 83
和歌山	26. 57	23. 75	28. 15	24. 69	29. 68	27. 95
乌　取	25. 05	23. 18	28. 15	24. 91	30. 53	27. 90
岛　根	25. 20	22. 75	28. 38	24. 94	30. 11	27. 74
冈　山	25. 04	22. 73	27. 86	24. 61	30. 07	28. 14
广　岛	25. 92	22. 82	28. 15	24. 77	30. 25	28. 30
山　口	26. 15	22. 71	28. 09	24. 98	30. 07	28. 08
德　岛	24. 66	22. 44	27. 94	24. 87	29. 89	28. 02
香　川	24. 91	22. 55	27. 82	24. 66	29. 88	27. 74
爱　媛	25. 56	22. 96	27. 92	25. 08	29. 92	28. 10
高　知	25. 21	22. 55	28. 47	25. 17	30. 02	28. 32
福　冈	26. 12	23. 25	28. 29	25. 66	30. 63	28. 86
佐　贺	25. 88	23. 64	28. 03	25. 53	30. 36	28. 18
长　崎	26. 02	23. 12	28. 12	25. 57	30. 18	28. 31
熊　本	25. 79	23. 59	27. 97	25. 27	30. 10	28. 24
大　分	25. 37	23. 04	27. 67	25. 07	30. 29	28. 44
宫　崎	25. 33	23. 12	27. 69	25. 00	29. 87	27. 98
鹿儿岛	26. 20	23. 84	28. 24	25. 24	30. 05	28. 38
冲　绳	24. 03	22. 02	28. 84	25. 57	29. 97	28. 02

（据日本国立社会保障与人口问题研究所《人口统计资料集 2003 年版》）

丈夫的婚姻梦想

这些即将为人夫的男人们，对于婚姻又是抱着怎样的一种期待和梦想呢？这一点因人而异，没有具体的统计数字。

所以，接下来我把自己听到的、看到的各种诚实的想法集中起来进行一下分析。和女性相比，男性对于婚姻的期待与梦想更趋于整体化，所以比较容易总结。

首先谈谈男人为什么要结婚这个问题，在这里男人们最多的是“啊，差不多到了结婚的年龄”这种笼统而模糊的想法。

当然，除此以外，也有一些男人是因为有了心爱的女性之后，想早些结婚使父母放心；还有希望婚姻生活安定下来以后可以要孩子；再有就是已婚的男人普遍在社会上能够得到某种承认，有利于安定的生活，等等，有许多理由可供人们参考。

但是无论如何，最多的还是“差不多到了结婚的年龄”这种想法，这种虽说还不到着急的程度，却总有一种被什么东西不断催促的感觉，可以说是男人结婚的最大理由。

由此可以发现，30岁左右应该成家立业这种笼统的、一般性的常识或观念，对男性的影响极大。也就是说男性的思维方式，是一种“他结婚了，我也该结婚”的附和雷同式的、向社会看齐的横向思维方式。

还有一个发现就是，随着这种社会观念日趋淡薄，不结婚的男性数量也会有所增加，虽说发展趋势缓慢，但可以预测男性不结婚的情况会越来越多。

那么服从这种社会观念的男性们,对婚姻抱有什么样的梦想呢?

虽然梦想因人而异,但大多数的男人都是怀着一种坚定的决心,希望建立一个幸福的家庭。在这方面,男性有着超乎女性想象的认真、保守和大无畏的精神。

但正如例外在现实生活中随处可见一样,这种决心不那么坚定的男人也不是不存在。也许有些女性会指责这种想法过于随便,我并没有这个意思。把决心不那么坚定的意思换个说法,就是也有一类男人不把建立幸福家庭作为人生的最高理想。再具体一点解释,就是在婚姻中不企求幸福的极点,而是组建一个过得去的家庭就行,这类男人从一开始就对家庭抱有一种较为冷淡或是要求不高的想法。

在结婚的男人当中,这类男人占三分之一,如果女性讨厌这类男人,在结婚之前就有必要对男人仔细观察,精挑细选。当然,和这种对家庭要求不高的男人结婚,并不是说日子就一定过得不好,或是家庭就容易崩溃。因为婚姻不是这么简单的问题,不是理想越高,期待越大,就越会长久持续下去。

下面谈谈建立幸福家庭的条件,男人们首先就是要求妻子充满爱心、贤惠体贴,对自己照顾有加。在这一点上,作为准丈夫的男人们几乎都怀着同样的希望,当然这种希望能否如愿以偿,或者是否过于一厢情愿,结婚以后男人们马上就会明白。

一个颇有意思的统计资料表明,在婚姻问题上,有 70% 的丈夫认为，如有可能，希望妻子在家做专职主妇；但与此同时，希望做专职主妇的女性却只有一半，特别是在大城市，希望成为专职主妇的女性人数估计还要减少 10%。

这样看来，夫妻双方往往在家庭刚刚组建之时，对于婚后的家庭构想，彼此之间的想法就已经发生了错位。

建立幸福家庭的条件还有一个，就是生儿育女。在这一方面，婚龄较长的男性认同较多，而随着婚龄的降低，年轻人对子女的渴望却并不那么迫切，这种倾向在妻子一方想来也是如此。

另外还有一点，准备结婚的男人们有一个共同的想法，就是从此获得了一个安定的性爱伙伴，这对男人来说是一大满足。说到这一点，很多妻子会这样反驳：我们不是男人的泄欲工具。但是男人这东西，是一种以性为中心的动物，关于这方面的需求远远超过了女性所能理解的范围。

因此，男人们普遍有一种想法，就是在结婚这种形式下，自己获得了一种可以与之做爱的保证。自己外出工作，挣钱养家糊口，是获得和妻子随心所欲地做爱的权利的一种代价，有这种主观想法的男人大有人在。

当然，在现实生活中，很多丈夫结婚以后在性方面迅速失去了对妻子的好奇心，但是他们仍然认为只要自己有所要求，妻子应该随时答应并允许丈夫进入她们的身体。

对于婚姻的忧虑

即将成为丈夫的男人们，在对婚姻抱有以上种种梦想和期待的同时，还有一个共同的负面想法，就是结婚将为自己引以为豪的青春时代画上句号，从而产生出一种说不清楚的灰心丧气或是寂寞的感觉。这也可以说是男人们对随心所欲、无拘无束的独身时代的一种哀悼。从今往后再也不可能像现在这样随意玩乐，男人们将作为一家之长，要养家糊口，成为妻子和子女的顶梁柱。越这样想，就越觉得结婚的前途黯淡、道路漫长。

但是，对男人们来讲，这种想法本身却并不见得是件坏事。

因为“从此以后，不能像现在这样随心所欲地不负责任了”这种想法，以将要结婚成为丈夫的角度来看，是认真而且现实地考虑结婚问题的证明，也表明了男人们从此不再有所保留而成为一个好丈夫的决心。

和这类冷静地凝视未来的男人相比，那种认为结婚以后青春还在继续，还可以自由快乐地生活下去的乐天派男人，却很容易成为那种靠不住的、不能信赖的丈夫。

因此，具有那种把结婚当作自由奔放、随心所欲青春时代的结束想法的准丈夫们，成为那种最为坚定、最可信赖的丈夫的可能性最大。

但是，出于对青春时代结束的一种焦虑，男人们有时会突如其来地表现出各种各样的奇言怪行。

比如说，想到结婚以后就不能和其他女性随意发生关系，在订婚的同时，有些男人会突然开始过起放荡不羁的生活。也就是说要玩就趁现在，男人们去色情场所放荡，或去挨个儿联络迄今和自己交往密切的女性。因为一般的女性不会轻易答应，所以男人们向与自己关系不错的女性倾诉对于结婚的不安和恐惧便成了一种常见的现象。还有就是参加联谊会，或者去喝酒，每次男人们都对自己说这是最后一次，所以醉得一塌糊涂。

看着如此表现的准丈夫们，已婚男人们心中在产生不以为然或是厌烦情绪的同时，却不会去批判他们，因为他们自己也是从同一条路上走过来的。

另外，有时候一些婚期将至的男人，一边考虑着未婚妻的种种好处，一边又会突发奇想：

“她真是结婚的合适人选吗？我的选择到底有没有错？”

男人表面上看起来好像很坚决，实际上却很暧昧；好像很坚强，实际上却很脆弱；好像十分坚定，实际上却总在动摇之中。男人就是这样一种动物。

有些男人就像云彩一样，轻飘飘的捉摸不透。这种性格不甚明朗的男人，出人意料地表里不一，特别是在那种运动员类型的体格健壮的男人当中，非常多见。

总之，男人们虽然在心里已经认定“和这个人结婚是合适的”，但是事实上，一想到结婚以后将变成对方的丈夫，心里总有着一种抹不去的不安和疑虑。

换一种说法就是，不管和多么出色的女性结婚，大多数的男人还是会对结婚成为丈夫一事在精神上感到一种沉重的负担和压力。

但是，这与其说是男人们不诚实的表现，还不如说正是男人们诚实的证明。我们也可以这样说，正是这种矛盾的心情，代表了男人这东西的本质。

·第二章·

与妻子的性爱之一：蜜月时期

即使夫妻之间，也还是需要一种神秘的美感。

蜜月时期

新婚燕尔，这段时期夫妻双方相亲相爱，甜美如蜜，因此也被人们称为蜜月时期。

蜜月时期能够维持多久，虽说因夫妻不同而各不相同，但一般来说可以维持一至三年,那么取其平均值,以两年为期想来比较合适。

这段时期，夫妻双方都因拥有家庭而无比欢喜，再加上从此不必忌惮他人，总能耳鬓厮磨、相依为命的安心感，夫妻双方在性方面可以说进入了激情如火如荼、翻云覆雨无数的时期。

蜜月时期，丈夫最直接感受到的喜悦，就是只要自己欲火燃起，什么时候都可以和妻子进入爱的天堂，这种巨大的满足感充满了男人的心田。

第一章已经提过，男人是非常极端地以性为中心的动物，对男人来说，性生活是集所有关心于一身的事情。特别是新婚燕尔，男人脑子里的绝大部分都被性欲占据得满满当当。

事实上，从结婚意义上来讲，男人结婚的一个很大的理由，可以说是获得了妻子这个稳定的做爱对象。

当然，有很多妻子会反驳：我们不是仅仅为了满足丈夫的性欲而结婚的，而且每次丈夫求欢时，也不可能总能满足对方的要求。

这种事情，作为丈夫的男人们在一定程度上也有所了解，但是生活在同一个屋檐下，不用顾及他人，身边有一个想爱就爱、能大大方方与之发生关系的女性，这对于男人来讲，还是相当重要的。

而且，妻子与恋人之间的不同点在于，夫妻双方想要发生关系，马上就可以行之以果；但若是恋人的话，首先要互相联络决定见面地点，然后一起共进晚餐什么的，接着才是到饭店或是哪一方住的地方才能达到共赴巫山的目的，这是一般恋人们做爱的一个过程。

像这样和恋人一起进入到发生关系那一步，需要花费很多的心思，在金钱和时间等方面的消耗也会很大。

女性也许会讲：既然相爱，这种事情是理所当然的。但是男性与女性约会的最终目的仍然是发生关系，不用说，男人们会一直小心翼翼、努力不把这种想法表露出来，但如能不经过这些烦琐的约会过程就可以发生关系的话，男人们当然会觉得再理想不过了。

男人是一种一旦“想要”，欲望就无法控制，无论如何也想得手的动物。但是当男人得知达不到目的，也就是知道无用武之地而死心的时候，天大的欲望也会如泄了气的皮球一般消失得一干二净。

从男人这种独特的生理特点出发，我们可以了解到婚姻这种形式，对于男人的性欲来说是多么合适的一个舞台。当然，条件是当丈夫有所欲求时，妻子总能满足丈夫的要求。

处于蜜月时期的丈夫们，平均年龄应在30岁前后，那么他们对妻子的欲望之海的深浅程度究竟又是多少呢？

在这方面丈夫们的表现因人而异，要想得出一个明确的数字恐怕是强人所难。性欲强烈的丈夫，可以说每天都要行房；性欲不是很强的丈夫，一个星期也有一次。平均起来的话，丈夫每个星期会和妻子发生二至三次性关系（见图5）。

这里，不仅仅是丈夫性欲强弱的问题，根据丈夫对新娘在性方面抱有的好奇心大小，丈夫的表现也会有所不同。

如果两个人的订婚时间很长，在这期间，男女双方已充分地享受了性生活的快乐，那么虽说是新婚，夫妻对性行为也许不会有那么如饥似渴的欲求。

相反，双方订婚时间很短，而且在没有怎么发生过性关系的情况下结婚，那么与新娘之间的性爱就会十分新奇，很多丈夫会一下子就沉溺于与妻子的欢爱之中。还有就是丈夫与妻子之间的性生活是否和谐，也会对夫妻双方的性关系产生一定的影响，有关这方面的内容第三章里将进行具体论述。

总之，对妻子那种“新奇”的感觉，不仅能够提高男人的性欲，而且是极为重要的因素，新娘的性感觉从初始时那种花蕾般的羞怯，随着性意识的觉醒徐徐绽放，逐渐进入一种盛开的状态。在这一连串的过程中，丈夫亲临其境并因此激荡燃烧，夫妻双方的关系最为亲密而且浓烈，做爱次数不断攀登新高。

图 5　不同年龄层夫妻的性交次数

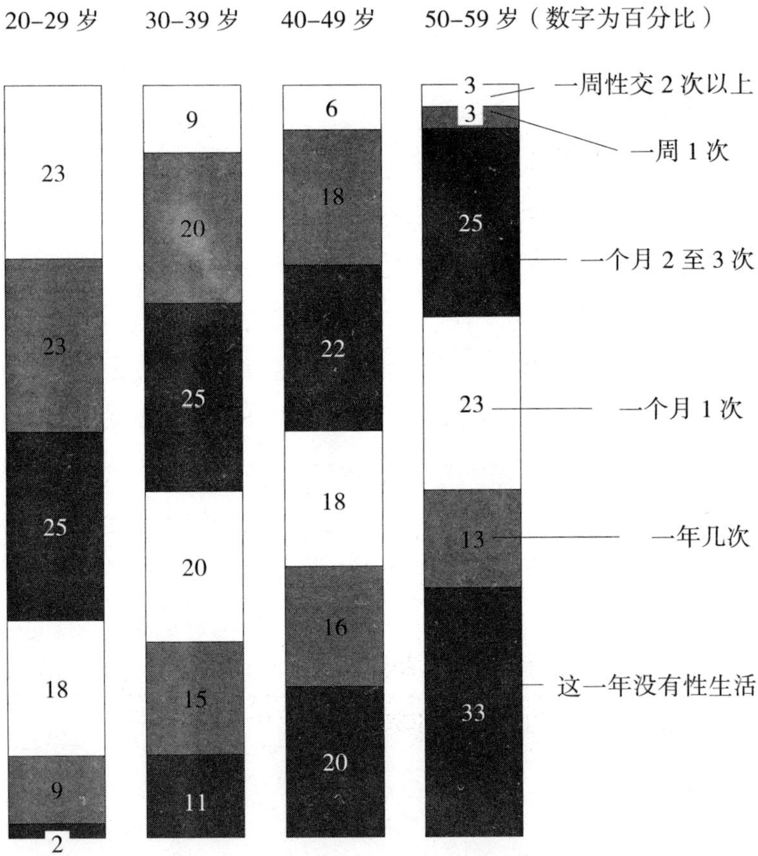

（据 2001 年朝日新闻社《1000 人夫妻性生活法律顾问问卷调查》）

但在现代社会，夫妻之间在性关系上，也不一定像丈夫希望的那样，一有欲求就能得到满足，与之相反的例子也相当常见。

其中最大的理由就是夫妻双方都有工作，妻子在有工作的情况下，不是总能顺从丈夫的意愿，拒绝丈夫要求的情况也会不时出现。

男人的性欲是一种单纯的东西，欲望高涨时就想马上宽衣解带，一旦发泄完了欲望也就消失殆尽。但是女性在发生关系之前，首先要从心理上进入状态，然而工作上的压力和疲劳一旦积攒下来发散不出去的话，女性就很难进入状态，所以在这种时候，妻子一方就会提出“今天算了吧”，拒绝丈夫的要求。

但是，如前所述，男人的性欲一旦勃发就克制不住，或者说很难压抑下去。在这种时刻，如果丈夫的要求多次遭到妻子的拒绝，那么夫妻之间难免就会产生矛盾。

比如，在妻子几次拒绝了丈夫的要求之后，丈夫就会产生自己煞费苦心和妻子结了婚，却无法得到性爱的满足，结婚还有什么意义的想法。

当然妻子一方也会同时反驳：你怎么不能多为我考虑一下，哪有你这种只顾自己的丈夫。这种争论一旦发展下去，丈夫就会提出：如果工作这么累的话，你把工作辞掉好了。

现今大城市里，夫妻双方共同工作的情况很多，当然家庭收入也会因此增加，即使这样，还是有相当数量的丈夫希望自己的妻子能够成为专职主妇，原因在于希望自己下班回家的时候，妻子总能在家侍候自己；与此同时，丈夫们心中还隐藏着另一个愿望，就是在自己想要做爱的时候，妻子什么时候都能顺从自己的意愿。

总之，蜜月时期，丈夫对妻子的爱情最为深厚，然而在爱情的深处也潜藏着一种希望，就是希望自己所爱的妻子能够成为自己的私有财产。

然而在这一点上，最有实际体会的，就是在要求和妻子做爱的时候，妻子能够柔顺地迎合自己这一事实。相反如果妻子做不到这一点，做丈夫的就不会有妻子归自己所有的实际感觉，从而开始对结婚一事产生疑问。

不管怎么说，在蜜月时期夫妻彼此深爱对方，在性生活上也不会出现多大的问题，所以许多丈夫工作一完就想马上回家，在一种不用顾忌任何人的安心状态下，和妻子共同享受爱的快乐。

这正是新婚夫妻处于蜜月时期的实际状态，相反，如果新婚之时，夫妻之间就没有这种甜蜜、频繁的性生活的话，那么可以说这对夫妻之间恐怕就有问题。

当妻子成为母亲

经过新婚时期的甜蜜，夫妻之间性生活首先遇到问题的时期，是妻子怀孕、生产的时候。

这个时期何时来临，因夫妻情况不同而各不相同，但一般来说，是从结婚两三年到结婚五年左右之间，容易出现妻子怀孕、生产的情况。

当然，这是一件皆大欢喜的事，丈夫在认识到要做父亲的同时，对由于孩子的到来而即将形成的一个完整的新家庭，也会抱有很大的希望和梦想。但是这种喜事对夫妻之间的性生活却未必有益。

这里站在丈夫的角度上，谈谈丈夫对妻子的怀孕、生产等所感到的诸多不便，首先面临的问题就是妻子体形的变化。

女性们因此可能感到十分愤慨，孩子在母亲的肚子里，体形当然会发生变化。

但是，这里特别强调一下，这只是从男人眼里看到的不利因素，希望女性不要过于介意。不过，由于是从丈夫或说是男性眼中反映出的妻子形象，因此也希望女性有所关注。

总之，从怀孕第五个月到七八个月之间，妻子的肚子开始挺了出来，当丈夫看到妻子摇摇摆摆好像相扑选手一样走路的时候，几乎所有的丈夫在体会到这种生命现象神秘的同时，也会在对方身上发现一种动物性的东西，会有一种觉得不可思议，或是恶心的感觉。

在妻子怀孕时期，采用正常体位进行性交会压迫腹部，然而采用从后面进入或者侧卧的方式则完全没有问题。在男人当中，有些人担心与怀孕的妻子发生关系是否会导致流产，其实不必介意这一点，做爱本身对孕妇也不见得是一件坏事。

总之，丈夫们看到妻子日益膨胀的腹部，会上去抚摸，感受胎儿的胎动，聆听胎儿的心跳，但是随着妻子肚子的不断变大，丈夫与妻子做爱的次数会慢慢减少。

即使知道做爱不会影响胎儿发育，但丈夫还是会有一种恐惧或是不舒服的感觉，再有就是对体形逐渐变形的妻子，渐渐地感觉不到其女性的魅力了。

同时妻子一方也存在着问题，比如把夫妻两个人之间的对话，过于集中在即将出生的孩子身上，或总是卖弄般地让丈夫看自己的腹部，也就是说对怀孕一事采取了一种过于夸张的态度，这样很容易造成丈夫的退缩，不少丈夫的欲望会因此萎缩。

如果女性们说这没有什么不好，那我也无话可说。但假使女性在怀孕当中，能用女性特有的那种娇柔或羞涩说上一句"我变丑了一些，对不起呵"，那么丈夫对妻子因怀孕而产生的体形变化的理解与体谅，可能会表现出很大的不同。

总之，从妻子怀孕、生产开始，丈夫对妻子的欲求会有所减退，这是一个事实。

丈夫对妻子性欲减退这一问题，若要进一步地探讨下去，就要涉及生产一事对丈夫所产生的极大影响。

在这里有一个不得不进行认真考虑的问题，就是丈夫共同参与妻子生产这一过程的问题。

也就是现在广泛流行的拉马兹无痛分娩法，为了缓和产妇生孩子时的紧张情绪，需要采用一种特殊的呼吸方法，丈夫要在妻子生产的时候站在旁边共同参与。

在这种时候，丈夫握住在阵痛中挣扎的妻子的手，和妻子进行同步呼吸。很多人认为既然是夫妻，这么做是理所当然的，因此很多医院也积极主张丈夫共同参与妻子的生产过程。

但是我明确地告诉大家，我的意见正好相反。

的确，丈夫站在旁边会使妻子感到安心，而且丈夫也能亲身体会到生产是怎样一种艰辛的过程。然而妻子双腿大张，充满血污的婴儿从腿中间生出来的情景，绝不是丈夫喜闻乐见的事情。

在这一瞬间，丈夫在目睹了生产这一撕心裂肺、血淋淋的现实的同时，也深切感受到了妻子身上那种理所应当的母兽般强大的母爱，此情此景与平日男人脑海里女性那种浪漫、可爱的印象完全不同。另外，当丈夫看见自己长久以来充满憧憬向往的妻子的私处，活生生地张开如此巨大的空间，会感到十分震惊，有一种看了不该看的东西的感觉。

说实话，男人对这种充满血腥的场景非常敏感，特别是对出血这种生理现象，有着超乎女性想象的脆弱。

男人们虽然可以在口头上逞强，但事实上一看到自己或者自己心爱之人的那种血淋淋的场面，马上就会感到胆怯，开始浑身发抖。男人的强壮只是一种表面现象，从根本上来说他们是脆弱的、容易受伤的。反过来也可以这样说，男人正是因为心理上的脆弱，才会在外表上表现出肉体的强壮。

让这些外强中干的丈夫们，看到妻子生产场面之后的不良效果，就表现为丈夫对妻子的性欲从此就开始走下坡路了。

可以明确一点，对男性来说，女性的私处永远是一个男性充满憧憬和向往的未知的圣地。说到妻子的私处，应该是丈夫至今也未能看清全貌的、埋藏在丈夫心中的百宝箱。

把这块圣地一览无余地、活生生地展现给丈夫的话，那么女性的神秘感从此就会烟消云散。

经受了极大的痛苦，喜得儿女的幸福的确非同寻常；但生产期间丈夫在旁边守护和鼓励着妻子，这对今后的夫妻生活来说，也会成为一种强有力的羁绊。

做妻子的自然会这么想，做丈夫的也会产生同样的想法；但同时丈夫也会发现，妻子的私处和自己想象的完全不同，像一个巨大的、怪诞的、活生生的东西。

这种发现在丈夫今后的性生活中不能说不会投下一些微妙的阴影。

事实上，妻子在生育之后，眼见着母性一天天膨胀，丈夫的性欲因此一落千丈的情况出人意料地多，特别是目睹过妻子生产场面的丈夫们，这种倾向更为显著，近五成的丈夫对妻子变得不再迷恋，再后来这些丈夫中的近一半，发展到对妻子失去了性方面的好奇心，成为导致丈夫 ED（阳痿）的原因。

即使夫妻之间，也还是需要一种神秘的美感。正如世阿弥[1]所说的“隐秘为美”一样，就是因为藏在深闺，才会引发人们美丽的、神秘的、丰富的联想。

---

1 世阿弥（1363—1443）：日本室町时代初期的猿乐演员与剧作家。

·第三章·

与妻子的性爱之二：中年时期

至少对于夫妻，特别是对丈夫这种雄性动物来说，要在这种状态下保持高涨的情欲是强人所难，有人甚至认为这种要求过于残酷。

第二章围绕着夫妻之间从新婚燕尔到子女出生这段时间的性爱生活进行了探讨。这一章将继续同一个话题，看看从 35 岁到 40 多岁的夫妻，也就是中年夫妻在性爱生活中又有哪些问题和特点。

人到中年，丈夫和妻子都积累了一定的社会经验，身心两方面都达到了最佳状态，用季节来比喻，正可谓是进入了人生的盛夏。

但是，夫妻之间的性爱生活，在这个时期却未必称得上内容充实，不尽如人意的例子也相当多。

不尽如人意的理由我们将逐一探讨，首先我们对这个时期丈夫和妻子的地位及职责进行一下分析。

这个时期是指人们在 35 岁到 40 多岁这一年龄段，大多数的男人在工作方面可谓是精力旺盛，是最劳碌繁忙的时期。他们大多在工作岗位上做到了主任或者股长，甚至还有人升到了一些公司的课长、部长等中层管理职位，责任也随之重大起来。

因此，每天的时间几乎当仁不让地都用在了工作上面，男人们在工作中找到了人生的价值，成为人们常说的社会人。

另外，妻子到了这个年龄，一般都有了一至三个孩子，在照顾和教育孩子上面忙得不可开交，而且有些女性还有工作。每天一边工作，一边养育子女，不少妻子都感到身心疲惫。

在这种情况下，夫妻的性生活不再像新婚伊始一样频繁，而是顺其自然，情之所至而为。

也就是说，丈夫因为工作疲于奔命，妻子在养育子女上消耗体力，双方都没有余力在性爱方面浪费能量。

中年男子有一句半开玩笑的口头禅，即“不把工作和做爱带回家”，可以说是这种状态的真实写照。这虽然是用开玩笑的口气说出来的，但是话中的可信程度相当高，确实包含着一种令人回味的深刻含义。

不利因素层出不穷

“不把工作和做爱带回家”，这种说法是不把工作上不愉快的事情或烦躁的情绪带回家中唠叨、发泄的意思，这样做对妻子来说，在某种意义上说是一件好事。

不过，从另一方面看，这句话也包含了即使把公司的事对妻子说了，对方也不会明白这种无可奈何的想法，同时也就在某种意义上无视了妻子的存在，所以一部分妻子对此相当不满。结果有些妻子就会要求丈夫详细具体地说说工作上的事情，有些丈夫因此却变得越来越沉默寡言。

但是总的来说，许多妻子觉得与其听丈夫一个人喋喋不休、牢骚不断，还不如他默默无语来得省事。这种情况因夫妻不同而各有差异，但有一点非常明确，即不把工作上的事带入家庭这件事本身，并不存在多大的问题。

但是一旦牵扯到性爱，那就完全是另外一回事了。

因为性爱关系是男女结为夫妻的基本条件之一，性生活是一种不可缺少的重要存在。前面就已提到，男人结婚的第一点理由，就是获得能够与之保持稳定性爱关系的女性，再说性行为也是夫妻双方关系的一个最大的凭证。

“不把工作和做爱带回家”这种说法，不仅无视了妻子的存在，同时也暗示了妻子在性方面没有魅力。

如果知道丈夫在外边散布这种言论，做妻子的肯定会怒火中烧。但是最近红杏出墙的妻子也在增加，她们宣称“可以啊，我也不把性行为带回家”，在外面与别的男人发生关系。

当然，一旦出现这种情况，丈夫也会感到十分棘手，他们也希望能把妻子控制在不出格的范围里，但是像新婚蜜月时期那种激烈的性爱是不可能了，因此才会出现刚才提到的口头禅，这样想似乎比较合乎情理。

即便是装出开玩笑的样子，丈夫们为什么会有这种言论呢？

其中最大的理由就是，从 35 岁到 40 多岁，丈夫们对青春的凋零有一种切身的痛感。

总体来讲，男人们在这个年岁，容貌上不会出现明显的衰老，而且由于对工作充满了自信，使男人们自然而然地产生出一种男子汉的威仪；但与这些表象相反的是，男人们的基础体力却出现了不容置疑的下降，这种事情从职业足球选手和职业棒球选手们一般在 35 岁左右从第一线引退就可见一斑。

但是工薪阶层的丈夫们由于不需要有运动选手那样的体力，所以容易疏忽自己的衰老，但是在床上却能真实地感到自己的持久性减退了很多。

当然，性行为不仅是靠体力，技巧也可以起到很大的完善作用，但是当男人感到没有足够的体力和精力的时候，他们开始变得对做爱有点儿发怵或是觉得麻烦。说句大实话，他们有时觉得和做爱相比，看看电视然后睡觉要轻松得多。

除了男人随着青春的消逝，体力、精力大不如前以外，还有一个重要原因，就是丈夫们对性已经不再感到稀罕。

从订婚到新婚燕尔，丈夫就像一个终于得到渴望已久、可以随欲摆弄的玩具的孩子，不厌其烦地和妻子缠绵在一起求欢索爱。但是这种新鲜感和新奇程度，随着亲热的日常生活化，一段时间以后就进入了饱和状态。

即使妻子因此愤慨地说："现在居然拿这种话说我，我能说什么呀。当初也是你，那么疯狂地、欢天喜地地向我求欢。"但是随着时间的流逝，彼此之间的新鲜感开始褪色、消失，这可以说是一种自然规律。

夫妻俩关系过于亲密，容易对性生活产生负面影响，这是不言而喻的。如果夫妻之间能够保持一定的距离，丈夫也许不会那么快就对妻子产生厌倦，但是无论怎样，夫妻之间的性生活走向千篇一律化，也只是时间的问题。

总之，在现代生活中，夫妻们生活在狭窄的房间中，常常挤在一起，处于一种随时都可以发生性行为的状态，这对于提高夫妻间的性爱热情，恐怕不是一种良好的状态。至少对于夫妻，特别是对丈夫这种雄性动物来说，要在这种状态下保持高涨的情欲是强人所难，有人甚至认为这种要求过于残酷。

另外还有一个问题，就是这段时期妻子们被抚养子女弄得焦头烂额，从子女出生到成长的过程中，妻子的爱几乎全部转向了孩子，因此花在丈夫身上的心血自然也会随之减少。

当然妻子对于孩子的爱和对于丈夫的爱，从根本上来说是完全不同的，但是丈夫们不知为何仍会感觉受到了妻子的怠慢。丈夫们虽然在理智上明白这个道理，但是他们一直以来都保持着与生俱来的喜欢撒娇的特点，所以在感情上对妻子的忽视还是不能释然。

另外，随着自己的爱心被子女们占据，妻子慢慢地对和丈夫发生关系失去了兴趣，而把育儿和日常生活放在了优先的位置，新婚燕尔之时那种浪漫的氛围不觉间悄然逝去。

这种事情的开端，表现在夫妻双方隔着孩子把对方互称为“爸爸”“妈妈”，从这一瞬间开始，夫妻之间就已经不能再称作是纯粹的恋人关系了。

这种现象和日本人特有的羞涩可能也有关系，欧美人对日本这种丈夫称妻子为“妈妈”的现象感到十分惊讶，有的人甚至会吃惊地问道：“你们两个人年纪基本相同，为什么这位女性是你的母亲呢？”

除了以上各种不利因素以外，还有一个问题，就是自己的家未必是做爱的最佳场所。

因为从孩子一落地就要多准备出一个房间，而且长期下去这间房也就变成了儿童房，全家的布置就会变得杂乱，夫妻在空间上也会有一种压迫感。对于住在城市里狭小住宅中的夫妻来说，影响尤其大。随着孩子的长大，夫妻之间不能肆无忌惮地做爱的烦恼也会随之产生。

即使情况没有那么糟糕，但是在充满了日常生活气息的场所，想要完成充满浪漫色彩的性交，夫妻双方总会感到有些不适，刚刚燃起的激情说不定也会无疾而终。

这样一来，那曾经可以放心大胆、随心所欲地享受性爱欢愉的自己的家，结婚几年之后，却令人不知不觉有了一种忧郁、压抑的感觉，这种感觉在新婚燕尔之时，恐怕是无法想象的。

成熟的性爱与不成熟的性爱

至此，我们主要分析了人到中年以后，造成夫妻性关系逐渐趋于淡漠的各种不利因素。从现在起，我们要探讨一下丈夫与妻子，再明确一点就是男人与女人在性感觉上的根本不同之处。

男人和女人的性原本就是截然不同的，特别是在性成熟这一方面，两者的区别更为显著。

在一般情况下，男人从十几岁开始产生性欲，到20岁前后，性欲达到最高峰。这个时候男人很自然地就学会了自慰，并从中领略到了强烈的快感，随着与女性发生关系，快感变得更加强烈，男人们变得如醉如痴、如入仙境。在这一系列的性行为中，男性的最大特点，是在获得快感时不会感到任何疼痛和不快，这是一个不争的事实。

与此相对，女性在第一次接受男人进入自己体内的时候，同时伴随着相当的不安和胆怯，性交本身也会带来疼痛，并产生出血的现象。和男人初次性交所获得的无比快感相比，女性第一次的性体验可以说是一个痛苦的过程。从实际情况来看，处女第一次性交就能获得快感这种说法，完全是一种天方夜谭。

男女双方在性生活的起点上，就已经产生了这么大的差异，而随后还会产生更大的差距。

首先，随着性交次数的增加，女性的不安和胆怯逐渐消失，同时痛感也不复存在，这时候女性开始产生快感，随后逐渐增强，最后达到高潮，这种感受同时也加强了女性对性交对象的依恋。

当然也有这种情况，对和自己做爱的男性喜欢不起来，或者男方的性技巧太差，还有就是女性自身对性行为存在蔑视或厌恶感，这些因素造成了某些女性不太喜欢做爱，感觉不到快感，也就造成在性方面无法成熟。

这种例外暂且放在一边，一般来说，随着做爱次数的增多，女性在性方面逐渐成熟，性快感也逐渐增强，这些可以称为女性的性特征。

与之相反，男人的性快感未必会随着做爱次数的增多而加强。换一种说法，男人的性与其说是一种走向成熟的性爱，不如说从初次开始就获得了快感，这种快感与女性的快感相比，精神上的享受占了很大的成分。和肉体本身获得的快感相比，男人在什么地方、和哪位女性、以何种方式发生了关系，这些种种不同的情况带给男人的快感也绝不相同。总之，男性与仰慕和追求已久的、从未碰过一个手指的女性初次云雨时，可以达到性爱的顶峰。

可以想见，和从未有身体接触的女性发生关系时，男人的欲望最大、快感最强，这也是男人容易出轨的缘由。但是男人的这一性特征，事实上也促进了人类子孙后代的繁衍。

为什么如此说呢？因为如果男人和女性一样，在初次进行性行为时，也伴随着不安和疼痛，那么男女之间就不可能走到顺利结合这一步，子女也就不可能诞生到这个世间。

话题重新回到性成熟上，女性随着做爱次数的增加，在性成熟上如花朵般徐徐绽放；而男人的性成熟之花第一次就已盛开，随着做爱次数的增加，性快感反而变得越来越少，这就是夫妻双方在性关系上面临的一大问题。

特别是人到中年，丈夫在性方面对妻子已经不再有新鲜感，因此与洞房花烛之时相比，性欲和快感都有了一定程度的下降。

与此相对，妻子随着对性行为抱有的不安逐渐消失，在丈夫的不断启蒙下，性快感逐渐增强，因此在性生活上对丈夫的要求变得更加强烈和频繁。

这样，夫妻之间的性关系开始出现了不平衡，当然这也是自然发展的结果。

前面提到的“不把做爱带回家”这句话，实际上就暗示了丈夫这种从内心深处，想要逃避妻子随着性成熟而不断增强的欲求的秘密。

有些女性因此会十分愤慨：这真是岂有此理，男人单方面地教会了女性享受快感，可是女性的性一旦觉醒，男人却又要逃跑，简直太没有责任感了。但是这其中实际上隐含了男人与生俱来的性特征。

在丈夫们性欲减弱的同时，有些妻子也对与丈夫做爱失去了好奇心。这也就是人们所说的零性生活夫妻。以一个月进行一次性生活为最低次数，低于这个数值的就可称为零性生活夫妻。

别无二致的爱情

读到这里可以非常清楚地了解到，中年夫妻之间的性关系很容易陷入一种危机状态。但有一点不能忽略和忘记的是，丈夫虽然在性生活上不像以前那样对妻子索求无度，夫妻之间的性关系也逐渐淡漠，但这不等于说，丈夫对妻子的爱情也因此而冷却了下去。爱情不仅仅表现在肉体关系这个方面，心中的爱情也占有很大的分量。这种心中的爱情，或者说是作为夫妻的那种安稳感，即使没有了那种浪漫的、炽烈的性关系，也未必就会因此淡薄下去。相反有些时候，不少夫妻肉体之间的关系虽然淡漠起来，可是彼此心连心的感觉却因此变得比以前更加强烈。

总之，以上这些只不过是一个丈夫、一个男人单方面的见解。但是有一点是千真万确的，一旦夫妻双方共同跨入中年时代，就意味着进入了一个考验双方的新时期。

·第四章·

与妻子的性爱之三：晚年时期

这个年龄层的男女，和年轻时相比，肉体上的能力已经衰退，但是取而代之的是一种精神上的依赖，夫妻之间彼此照顾、相依为命，从而产生出一种温情和体贴。

晚年的性爱

这里所要讨论的晚年的性爱，是指从 55 岁以后到 60 多岁甚至 70 多岁这部分男人的性爱。

这个年龄层的丈夫们，有一个共同的特点，就是青壮年时期旺盛的体力已经一去不返。用四季来比喻人生的话，这个年龄层的人已经度过盛夏步入了秋季，有的人已经进入了晚秋，有些人甚至已经进入了冬季。

总而言之，这些人过去的威武和精力已经不复存在，与妻子之间的做爱次数也大大减少。

然而，这些男人虽说肉体上的力量已经衰弱，却不代表他们的性欲望也随之衰退。相反，这个年龄层中的很多人精神上的欲望仍然高扬。

这种欲望的对象，不仅限于家中的妻子，向外发展的可能性也非常之大。

最后的婚外恋

丈夫年龄超过了 55 岁以后，与妻子之间的性生活激情不再，这也是一件很自然的事情。对妻子来说也是一样，相当多的妻子同样觉得和丈夫做爱味同嚼蜡。

但是在这种情况下，如第三章所述，女性的性快感是随着做爱次数的增加而不断加深的，而男人的性快感却不会因此增加，这就导致了这个年龄层的丈夫们，不大愿意向妻子宣泄自己的性欲。

加之这个年龄层的男人大多数已经退休，或者面临着不久就要退休的现实，因此对自己的将来存在着一种焦虑和不安。焦虑的内容有工作方面的，也有家庭方面的。而在爱情方面，一些男人觉得如果就这样完结一生，似乎心有不甘，因而被一种想要最后燃烧一次的情绪折磨着。

当然，这个年龄段的夫妻如果还能相濡以沫、爱情第一的话，丈夫不会成为这种焦虑的俘虏，但是并不是所有的夫妻都能这样。

在这种情况下，有些男人开始把目光转向外面，期望新的恋爱萌芽诞生。这就是通常所说的黄昏恋，恋爱对象各种各样，有些是部下，有些是因某种机缘而结识的女性，有些男人甚至和混迹于风月场所的女子发展感情。由于这些外遇对象在年龄上都比自己的妻子年轻得多，丈夫们可以体会到一种不同于跟妻子在一起的新鲜刺激。

不用说，丈夫在外边的恋情属于婚外恋，因此在家庭、社会等方面都会面临严峻的考验，但是这有时却会火上加油，使不少丈夫的激情之火燃烧得更加猛烈。这种时候丈夫头脑里翻来覆去想的就是，这也许是自己最后的恋爱。不少男人的情绪因此变得更加激昂，深深陷于这种爱恋之中，有些人甚至不能自拔。

这样一来，与妻子之间的性生活当然处于接近绝缘的状态，出轨的丈夫们只热衷于和他们迷恋的女性做爱。

此时，如果丈夫过去频繁向妻子求欢，那么只要看现在做爱的次数，丈夫有无外遇就一目了然。如果丈夫以前和妻子做爱的次数本来就不那么频繁，仅根据这一点就很难判断，但是只要冷静地观察一下丈夫的言行，从丈夫坐立不安的情形，或是丈夫突然开始讲究起衣着打扮，还有就是躲躲藏藏的事情有所增加，等等，都很容易发现丈夫有了外遇。

不管怎么说，丈夫一旦有了外遇，与妻子的做爱次数就会急速减少，或是做爱时会敷衍了事，但这些都不是问题的关键，关键在于丈夫的婚外恋结束之后的夫妻关系。

黄昏恋的特点在于，开始时如猛虎下山来势汹汹，结束时如丧家之犬夹尾而逃。而且很多丈夫在婚外恋结束以后，对妻子的性欲要求也同时消失得干干净净。按理说丈夫在外遇结束以后，重新回到妻子身边，回心转意向妻子求欢是正常的做法，但是大多数男人都做不到这一点，从此夫妻之间的性关系就会形同陌路。因为男人调集身心全部的热情进行的这最后一场恋爱一旦结束，男人自身的精力也就衰竭了。

为了避免夫妻关系这种寒冬永驻的局面，做妻子的应该给予丈夫什么样的关怀呢？首先一点，是不能丧失女性魅力，要温柔体贴地对待丈夫。许多妻子一想到丈夫的外遇，就怎么也打不起精神去这样做。然而，这种时候还是该先忍耐一下，打扮得优雅得体，在丈夫面前表现得楚楚动人。

丈夫在外拈花惹草，心中自有愧疚。在丈夫理亏的时候，妻子不去指责丈夫，而是用女性的温柔娴雅包容对方。这样会使丈夫在感到惊异的同时，重新发现妻子的可爱之处，在感到对不起妻子的歉疚里，再一次被妻子的宽广心胸和温暖情怀感动。

这样一来，妻子表面上虽然输了，实际上却赢了。

丰富多彩的爱的形式

至此，关于晚年夫妻的关系，也许写得有些过于悲观，但这也不是说，老年夫妻就一定处于这样一种绝望的状态。

的确，这个年龄层的男女，和年轻时相比，肉体上的能力已经衰退，但是取而代之的是一种精神上的依赖，夫妻之间彼此照顾、相依为命，从而产生出一种温情和体贴。

丈夫们以前作为一个企业战士或者献身公司的人，无暇顾及家庭和妻子，到退休为止一直拼命工作，到了晚年总算开始回顾自己的人生足迹，重新认识自己妻子的价值。当然，如第三章所述，不少丈夫曾经有过外遇，但这时丈夫们和外遇对象的前途已如西山日落，所以，他们开始纷纷返回家庭。

原因可能各种各样，但是这个时期丈夫们精神上的欲望，即性欲与肉体已经不能产生联动，精神和肉体之间产生了游离，这种游离对于丈夫们可以说是一种幸运，因为这个时期男人的性爱虽然不像以前那样直接，却多了一种平和，所以说在这个时期，男人能够享受到更加丰富多彩的性爱。

我想起了已故的日本作家巴木义德先生曾经讲过的一段话。那时的巴木先生 80 岁出头，他太太大概 60 岁。有一次我与他偶然在酒席上相遇，谈及性爱。

我不顾一切地问道："巴木老师，您现在还做爱吗？"巴木老师回答："我嘛，已经上了年纪，和妻子做不了爱了，但取而代之的是，每天夜里睡觉的时候，我一定握着我太太的手，一直看着她，到她入睡为止。"巴木先生说此话的时候，带着一种非常满足的表情。

当时的我还非常年轻，对这种形式的爱感到非常不可思议，现在想来，这说不定正是老年夫妻之间一种理想的状态呢。

虽然体力衰退了，但是爱情的表现形式多种多样。岂止如此，有些人甚至认为，和那种只有激烈二字可言的性行为相比，这种平稳温暖的爱情方式，说不定更加性感，爱的内容更加丰富多彩。

这样一想，我明白了一个道理，就是性爱、情色这种东西，不仅局限于男女之间的性行为上。换言之，性爱这个词当中包括了和男女这两种性别有关的一切行为。比如夫妻在同一张床上休息，或者丈夫需要妻子，或妻子需要丈夫，两个人偎依在一起互相亲热，不一定非要进行性交不可。不经意地彼此爱抚，或者心中感到寂寞的时候，还有觉得寒冷的时候，不管什么理由，两个人偎依拥抱在一起，这同样也是一种迷人的性爱。为什么这样说呢，因为这是一种异性之间互相求偶的行为。两个人之间的肌肤相亲，可以使心情舒畅，没有比这个对身体更好的事情了。

当然，前提是两个人相亲相爱，和喜欢的人肌肤相亲，互相感受对方的温暖，同时精神上感到无比愉悦，幸福的感觉涌上心田。

晚年夫妻性爱的优美在于，这种肌肤相亲的行为是自然而然产生的，而且非常熨帖。

这种只有肌肤相亲的性爱，尤其在养老院中相当流行。即使上了年纪，一直保持这种关系的夫妻或是伴侣，比孤独生活的老人，可以说年轻得多、精神得多。

因此，性爱从广义的角度来考虑就是：性爱有各种各样的形式，比如夫妻之间互相爱抚，或者相互嬉戏。还有在一起看一些成人录像，也不是一件坏事。

总而言之，这个年龄层男人的性爱特点在于，不拘泥于单纯的性交行为，有没有性行为发生，都是一件非常自然的事情。因此显得自由轻松，而且奔放。抛开做爱仅是插入、射精这种单纯的看法，性爱包括使两个人心情愉快的所有行为，这样一想，心情就会变得十分轻松。

最后还有一个问题，就是丈夫的性格问题。

到了这个年龄段，丈夫们在公司、在人际关系上，大概都有不少的难题，但是凡事开朗向前看，万事想得开的性格最为理想，容易化解难题。相反，遇到一点小事就铭记于心，苦思冥想，这种喜欢独自烦恼的人，衰老的速度非常之快。20 多岁的时候大家都是一样的年轻，年龄越大，每个人的年龄所呈现出的状态就越不能一言以概之，彼此之间的差别会非常明显地表现出来。这对晚年的性爱也会产生一定的影响。

作为妻子，在这方面也要尽量理解丈夫，鼓励丈夫，支持丈夫，共同创造出属于两个人的形式多样的爱情。

·第五章·

丈夫的外遇之一：丈夫的心里话

男性在爱情方面的复数倾向，再加上男人随着做爱次数的增加而性快感逐渐减弱，是男人在性方面的两大特征，我们可以确信这也正是男人和女人相较容易产生外遇的原因。

一听到“外遇”这个词，几乎所有的人，首先想到的就是男人，如果是夫妻的话自然指的就是丈夫。

人们普遍认为男人有外遇的情况很多。在文艺界人士或运动员当中，致使夫妻或恋人分道扬镳的决定性因素，还是在于男方有了外遇。与之相比，因为女方红杏出墙而分手的例子却不多见。正如人们周知的那样，男女外遇的比例为 3：1，或者是 5：1。

那么，为什么男人这种动物会出现外遇，尤其是作为丈夫的男人更容易拈花惹草呢?

首先，我们应该探讨一下其中的理由，在本书中，即使有些词句听起来像是在为男人辩护，但并非我是男人才这样说。这些都是冷静地从肉体、精神两个方面对男人这种动物进行分析探讨而得出的结论。

性快感的下降

首先从男人的生理特征来看，如前所述，男人的性快感从青少年时期就已经觉醒，而且这种性快感实际上呈一种缓慢的下降趋势。

具体来说，男性从 15 岁左右性意识忽然开始觉醒，到了 15 岁以后，几乎所有的男性都有过自慰的经验，并体会到一种如醉如痴的快感，而且随着首次和异性发生关系，性快感达到极点，男人在生理上和心理上都得到极大的满足。

和男人不同，女性的初次性体验却伴随着许多不安和胆怯，甚至有疼痛、出血的现象，第一次做爱时的对象即使是自己喜欢的男人，女性也几乎享受不到任何快感。然而女性随着做爱次数的增加，不安感和疼痛感逐渐消失，同时也慢慢开始感受到了性快感，当性经验积累到一定时候，最终达到高潮。特别是已婚的女性，经过怀孕、生产，在性方面的快感会进一步增强。

以一对男女情侣为例，男人在初次和自己女友做爱时快感最为强烈，以后快感逐渐减弱，呈下降曲线。与之相对，女性初次性交时感受到的快感极为微弱，但这之后会逐步加强，呈上升曲线。

男性快感的下降曲线和女性快感的上升曲线，在男女之间发生关系以后多久会出现交叉呢？不同的情侣情况会有所不同，但是总会在一个时间点上发生交叉，这是一个不争的事实。

然而有些女性也会发出这样的牢骚："对我来说，快感曲线哪儿有什么上升，我从一开始就几乎感觉不到什么快感，曲线一直只是在低点延伸而已。”

在这种情况下，两条曲线交叉点的位置也许很低，但是男人的性快感会逐渐消失这一事实却不会有什么改变。

总之，当下降曲线和上升曲线发生交叉的时候，就表示男人差不多到了容易出现外遇的时间。对夫妻来说这是一个值得关注的交叉点，一旦出现了交叉，夫妻之间的关系可以说就已经亮起了黄灯。

性幻想

这里还有一个事实不能忘记，就是男人的性快感随着做爱次数的增多而呈下降曲线；从另一个角度来看，这也表明了男人的快感本身还是一种极为精神性的东西。

这样写，有些女性可能会感到不可思议，她们认为男人的性快感应该出自与女性发生关系这一事实，但是男人的快感的确会因为性交时产生的种种性幻想而进一步加强，进一步加深。

比如说和自己喜欢的女性初次发生关系的时候，在总算能和心仪已久的女性结合在一起这种现实面前，男人肯定非常兴奋，并感到一种震颤的喜悦。同样，女性终于同意自己爱抚她的肌肤，观赏她的乳房，甚至张开双腿让自己进入她的体内，从这种种细节中男人可以得到一种感动和满足。在这种情况下，即使这个女性在性方面还未成熟，没有投入多大的热情，男人也不会在意。

除了做爱以外，五官上的感受，特别是视觉、听觉上的感受实际上也同样容易引起男人们强烈的兴奋，这也表明了男人肉体本身的快乐是相对较弱的。

比如说，在某些特定的场所，男人们只要看到女性的裸体或者私处，就已经能够感到十分的兴奋和满足了。即使没有那么强烈的感官刺激，只要看一些妖艳的成人杂志，男人同样可以兴奋。

这些都表明了男人从视觉、听觉上感受到的性刺激和性兴奋，并不亚于实际的做爱，同时从这点也可以看到，男人肉体上的快感其实没有那么强烈。知道了这样的事实，如何应对丈夫的性快感下降，做妻子的想来也就该明白了。

首先一点，男性不喜欢过于熟悉的、千篇一律的感觉。如何打破这一点呢？可以参考以下各种各样的妙方，其中一个就是有必要尝试以前做爱时没有用过的体位，当然这需要男性的合作，不然很难达到目的。

还有就是改变卧室或床上的情调来烘托气氛，或是妻子换上新式的性感内衣、洒上一些优雅的香水，等等。这些在女性杂志上也有所介绍，但有一点要注意的是，如果这些做过头了，男人有时反而会产生畏惧的心理。

另外，为了改变做爱环境，偶尔外出旅行等也不妨一试。这需要夫妻双方互相献计献策，把两个人的智慧集中在一起。

总而言之，男人随着和对方亲密程度的加深，最初那种脸红心跳的感觉就会消失，性欲也会因此下降，快感本身也就越来越少。这确实是男人，特别是作为丈夫的男人们容易出现外遇的原因。

最近好像也有一些妻子这样宣称："我老公不和我做爱的话也没关系，这样对我来说也更轻松，我自己也可以和他人自由发展。"但这当然不是所有妻子的共识。

男人的爱情是比较级的

在分析了男人性快感下降这一问题的同时，还有一个造成男人容易产生外遇的原因值得考虑，这可被称为"男人在爱情方面的复数倾向"。

具体来说，就是指男人可以在爱着一个女性的同时，又把目光转向其他的女性，男人可以说是一种多情而不定性的动物。

在这一点上，女性是截然不同的，如果一个女性目前爱上了 A 男人，那么她眼中只会有 A 男人，接着由于某种机缘，又爱上 B 男人，那么，以前关于 A 的种种就会被忘得一干二净，她所有的心思又都会集中在 B 身上。

也就是说，女性的爱是集中型的。和女性这种"所有或者没有"的做法相比，男人却是一种可以同时爱上多位女性的动物。

因此，一个男人即使在恋爱中对女性说："你是我最喜欢的。"他所说的也只是第一喜欢这个词，其他还可能有第二喜欢的、第三喜欢的，这样去理解也不过分。

由此可见，如果把女性的爱情称为集中型的，那么男性的爱情可称为是比较型的。

总之，男人不会把注意力集中在一点上，他们会不断地环视四周，总是对新鲜事物抱有兴趣，因此男人可以说是一种不能大意的、容易有外遇的动物。

当然，不少人认为这种做法不对，男人应该像女性那样把爱情集中在一个人身上，但是做不到这一点的才是男人。在这方面，与其说是由男人的性格所致，不如说是由男人的身体、男人的本能而造成的。因此，从现在起开始理解男人的各种性特征，对人们来说或许可以有所帮助。如果一个母亲有儿子和女儿的话，就会比较容易理解这方面的问题，因为她可以通过儿女在感情上的不同表现，真实地感受到男人的性与女人的性是截然不同的。

当然，同样是男人，不去拈花惹草，不对周围的女性发生兴趣的也不是不存在；相反在女性当中，也有不断地把目光转向其他男性的水性杨花的女性。但这些都只能说是一些例外，是少数派。大多数的男性和女性相比，存在着“爱情的复数倾向”或称外遇性，这是一个不容置疑的事实。

而那些红杏出墙的女性，多数也是因为没有一个从真正意义上喜欢的人，所以才不上不下地浮在半空中，如果有了自己真正喜欢的男性，许多女性都出人意料地脚踏实地。

总之，男性在爱情方面的复数倾向，再加上男人随着做爱次数的增加而性快感逐渐减弱，是男人在性方面的两大特征，我们可以确信这也正是男人和女人相较容易产生外遇的原因。

那么，那些有外遇的丈夫们的实际情况又是怎么样的呢？有外遇的时候，丈夫们在想些什么？外遇的结局又会如何？第六章将围绕这些问题继续探讨。

·第六章·

丈夫的外遇之二：生理上的不同

丈夫的外遇不像表面上看到的那么严重，经过一段适当的时间，几乎都会变得风平浪静。

在这一章当中，我将围绕丈夫外遇的实际情况和特征进行探讨。在这之前，首先要研究一下日语的外遇究竟是什么意思，其定义又是什么？

这个词在字典上是这样记载的："精力不能集中在一件事上，本人感兴趣的对象不断发生变化。"当然这是关于这个词的广义定义，是描述性格时用的一个词，在孩子和那些不定性的人身上容易看到此种倾向。

接着字典里这样说："心中的喜爱从一个异性转到另一个异性身上。"这段话明确地表明了这是一个和男女关系有关的词语。但是，这种程度的见异思迁，不仅发生在男人身上，在女性身上也十分常见，从数量上看不一定男人就占多数。

最后字典上又写道："有妻子或丈夫这样固定的配偶，还同其他的异性私通款曲、暗度陈仓。"

本书要探讨的便是这个词的第三种情况，也就是人们常说的外遇，而"私通款曲""暗度陈仓"就是发生肉体关系的意思。

然而，正如前面所说的那样，男人女人心中重新有了喜欢的对象，这种情况并不少见，但是发展到发生肉体关系这个程度的，可以说还是男性占绝大多数。

这种意见男女都会赞成，但是仔细想一下，这种看法又存在着明显的矛盾。因为发生肉体关系是指一男一女的关系发展到了很深的地步，所以发生外遇的男女数量应该相等，为什么还要说，有外遇的丈夫比妻子要多得多呢？这无疑是一个疑问。

重新审视一下这个问题，就会牵扯到一般男人，特别是丈夫们寻花问柳的对象问题。

在男人有外遇的情况下，其对象想来最多的还是独身女性，如女学生、在公司就职的女职员，在夜总会、酒吧等处工作的女性，她们是把性作为商品来买卖的，在这里应该另当别论。

总之，丈夫们的外遇对象几乎都是独身女性和离婚的女性，也就是和他人妻子发生外遇的情况极其少见。但是做爱是一对一的关系，这样细想一下也就可以明白，有一部分的独身女性作为丈夫们外遇的对象，与之发生着相当频繁的关系。也就是说，独身女性中的一部分女性一直在不停地更换着与之发生关系的男人，有些女性甚至还与多位男人同时保持特殊关系。

这也表明了和独身女性相比，已婚女性没有外遇的占绝大多数，因此妻子们的不满和愤怒也就不言而喻了。

外遇的实情

在这里首先分析一下丈夫们与独身女性发生的外遇，其中最为简单快捷，而且也不会有什么大问题的，就是与那些在色情场所工作的女性发生关系。这种外遇毕竟是用金钱买来的关系，只能满足丈夫们眼前的肉体欲求，几乎就不存在什么精神上的爱，在这种意义上，可以说是一种极端不夹杂私人情感的关系。

但是，虽说是通过金钱来买卖性关系的行为，从妻子的角度来看，同样不能容忍丈夫在那种地方与不相识的女性发生关系，妻子们有这种想法也理所当然。如果妻子知道了丈夫在外嫖娼，必然会追问丈夫为什么要去那样的场所。

这时，丈夫们会异口同声地辩解："我只是去玩玩。"对于妻子这种"不管是玩还是什么，都绝不允许"的愤怒态度，丈夫们只能用"只是去玩玩"来争辩。男女之间对性的看法的根本不同之处就跃然纸上。

下面围绕男女对性的不同看法进行一下探讨。首先，男人的这种欲望，即性欲一旦高涨起来，是个很难压抑下去的十分麻烦的东西。

这样写，看起来好像是在为男人辩护，实际上完全不是这样。有关这方面的事情，没有做过男人的女性是很难理解的，男人一旦发情，随着局部的勃起顿时变得欲火中烧，坐立不安。

和这种单纯的、激烈的欲望相比，女性的性欲是徐缓的、全身循序渐进地进入到一种情欲的氛围中去。男女双方性欲的高涨方式是截然不同的。

为了使得这种直线型的性欲望获得满足，男人首先可以自慰，但如果当时金钱和时间都允许的话，男人会想其他办法。单从生理方面讲的话，说这是一种合情合理的做法也不过分。

男人这种经不起等候的个性，不仅表现在性欲上，当想见到恋人或者女朋友时也是同样，这时男人心中会发出一种无论如何也要见面的呐喊，这种个性有时会让男人蒙受很大的损失。相反有些女性正是利用男人这种没有耐性的特点，设法获取自己想要得到的东西。

对于在这种情况下发生的简单的性行为，男人们使用了“只是去玩玩”这样的词语，这也不完全是为自己狡辩，因为中间没有包含精神方面的因素，只是单纯的欲望得到了发泄。

事实上，作为丈夫的这群男人，只要性欲得到发泄就会冷静下来，变得非常老实，当初那种刻不容缓的高昂欲望就好像海市蜃楼一样转眼即逝。也就是说，即使男人“发狂一样地想要”，也只是一时的、短暂的疯狂，发泄完了以后，男人就会像忘掉了至此发生的一切一样消停下来，变得心平气和。男人这种能够迅速转换情绪把发生的事情忘得干干净净的特性，也是造成男人没有什么罪恶感的原因之一。

还有一点，就是不要忘了男人的性特征：男人的阴茎在插入女人的阴道之后，在那里射精，然后性行为结束。

很多女性大概会说这种事情我懂，但与男人这种“插入、射精”

的行为相比，女性“纳入、接受”的行为完全不同，有着语言所不能表达的更大意义。这样说也许更容易明白一些，就是把自己身体的一部分放进对方的某个部位这种行为，和把他人的一部分纳入自己身体里面的行为，是两种性质完全不同的行为。

总之，和插入行为相比，纳入行为要重要得多，影响力也大很多，所以纳入方面的性，比插入方面的性更为慎重，而且小心翼翼，这也是合乎常理的事。

男人急不可待和不易压抑的性欲，再加上插入这个容易完成的性方式，也是促使男人发生外遇的动因，这点是不容置疑的。

还有一点，就是男人容易厌倦的性特征也很重要。

第五章已经提过，男人的性感觉从少年时期开始就已经走向成熟，随着做爱次数的增加，快感却不一定因此加强，相反性欲随着做爱次数的增加会呈逐渐减退的倾向，这也是丈夫容易对同一性爱对象产生厌倦的原因。具体来说，在和妻子卿卿我我的过程中，丈夫慢慢对与妻子做爱失去了兴趣，欲求也不像过去那样旺盛。

关于这一点，在讨论一夫一妻制的时候还要涉及，在这里只是对作为丈夫容易出现外遇的理由之一加以研究。

除了以上种种原因外，还有一点需要考虑的，就是男女性格上的不同。和女性相比，男性在性上面的暧昧或者说随便要远远超过女性。特别是在对异性的喜爱或厌恶上面，女性的特点是态度永远那么明确、毫不含糊。男性则与之相反，总是有些暧昧，态度也不明朗。

也就是说抛开外表从性格上来看，女性要比男性果断得多，相反，男性则非常和善，与其说和善，不如说优柔寡断得多。在现实生活中，不少妻子因此大伤脑筋，同时也有妻子能够抓住男人这种弱点，把自己的丈夫操控在股掌之中。

总的来说，男人性格上的这种暧昧或者随便，事实上也成为丈夫一族外遇多发的帮凶。

虽然如此，但是如图 6 所示，“与配偶或恋人以外的异性做爱理由”还是一份使人感到略微有些滑稽而且意味深长的资料。

其中男人们对外遇最多的理由是“为了享受性的快乐”，这理由直接、明快；其次是“为了表达爱情”。这两项理由加起来高达 70%，从中也可以发现男人的外遇和精神上的需求没有什么直接关系。

其他主要的外遇理由有“为了表达爱情”和“为了和对方交往”，但这其实是外遇的一种表象，事实真相在于想不出更好的外遇理由，这样说可能更为恰当。也就是说，只是想要和配偶以外的异性往来。

更为可笑的是，20% 的女性外遇的理由是“由于对方要求”。如果带点儿恶意进行解释的话，就是假使男方要求，那么女性红杏出墙的比例会出人意料地高。

另外“想要孩子”这个外遇理由十分令人费解，而男女双方都有近 10% 的人是出自这个理由就更使人惊讶。

令人不解的是“因为义务”这个外遇理由，夫妻之间外遇变成了义务，不知是可喜还是可悲。

图 6　与配偶或恋人以外的异性做爱的理由

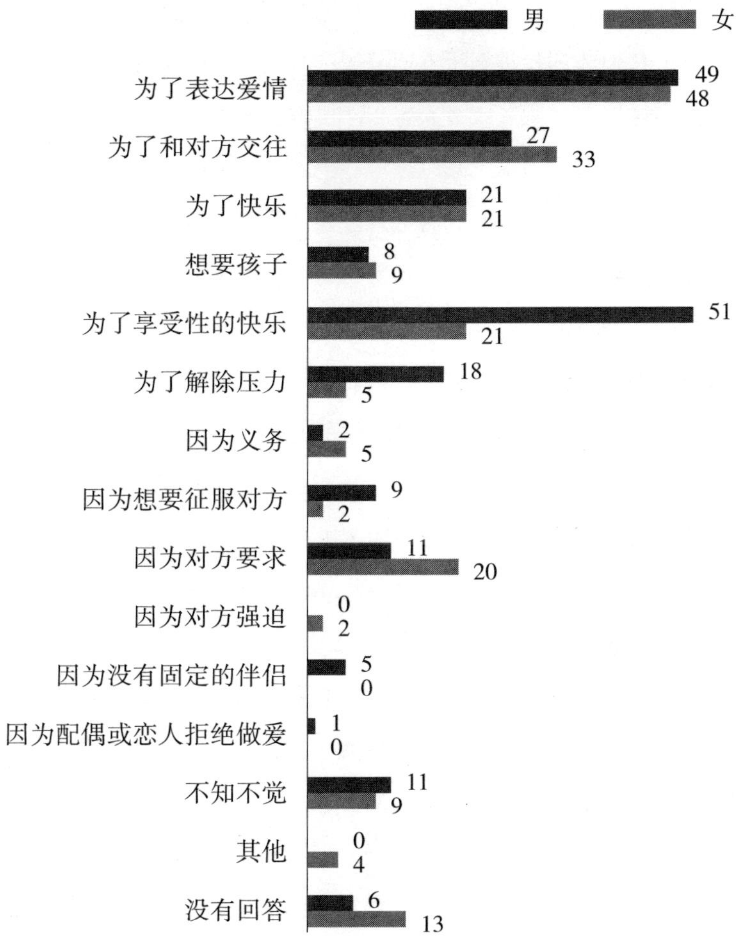

（数字为百分比，可进行复数回答）

（据 2002 年 3 月日本广电出版协会《NHK 日本人的性行为·性意识》）

回归率

以上从肉体和精神两个方面分析了丈夫发生外遇的原因，许多女性读到这里，对丈夫或男人这东西也许会产生一种由衷的失望。但即使如此，妻子们也不必过分担心。因为这里阐述的男人容易出现外遇的理由，同样也能成为男人容易从外遇中清醒的理由，有关这一点说得再具体一点就是，正是因为容易发生外遇，所以外遇的根基很浅，同时也就为丈夫们改正错误留有了余地。

下面沿着这个思路我们继续进行分析，开始时我这样写过，男人性欲高涨时难以抑制，极其追求性的速效性，同时只要性欲一旦得到满足，马上就会恢复原形。也就是说，男人们只要发泄了性欲，重新恢复到原来那种冷静和心平气和状态的可能性极大。

而且如前所述，男人的性是一种单纯的、发泄性的性，性快感不会随着做爱次数的增加而有所加深，相反男人容易厌倦的性特点，更使得男人的外遇不会持续太久。一般来说，丈夫们的外遇在一段时间以后，画上句号的可能性相当高。加之男人性格中的暧昧和优柔寡断，男人即使想在外遇中不遗余力地从心底里深爱对方，也没有这份精力。

也就是说丈夫这种动物，有容易出现外遇，妻子因此不能大意的一方面。但是由于男人容易见异思迁，所以男人的外遇总是在不断地发生，处于一种流动状态，外遇的对象不会总是集中在一个女性身上。

说得再简单一点，就是丈夫的外遇不像表面上看到的那么严重，经过一段适当的时间，几乎都会变得风平浪静。

在这方面，丈夫的外遇与妻子的外遇有所不同。妻子出现外遇时，在精神上和肉体上和丈夫都存在很大的差异。所以，妻子虽不像丈夫那样容易出现外遇，然而一旦有了外遇，很多人却不容易轻易收手。

当然，在这方面也应具体分析，并不是说所有的妻子都是这样，只是从总体上看确实有这种倾向。

总之，丈夫的外遇不像看上去的那么严重，也不是病入膏肓的绝症，原因在于丈夫的外遇对象大多是独身女性，如果男人过于纠缠不清，对独身女性也是一种负担，很多女性因此会抽身而退。即使不是这样，很多独身女性在与有家室的男人交往时，头脑会出人意料地清醒，有些女性甚至还在为主动分手寻找适当的机会。

也就是说，丈夫并不是那么众星捧月般受女性青睐。话虽这样说，但对当事人的妻子来说，能否容忍丈夫的外遇又是另外一回事。有些妻子，即使丈夫是和在色情场所工作的女子发生外遇，也绝对不能允许；而有些妻子却觉得如果仅是这样，也还可以忍受。

在这方面，妻子各自的性格及具体情况不同反应会有所不同，但是如果可能的话，最好不要过分吵闹。如果吵闹得不得体，男人反而会意气用事，语言上你来我往，互不相让，就不能保证事情不会朝着一个双方都不希望的方向发展。与吵闹比起来，表面上有所忍让，时不时地说出一两句触动对方的尖锐言辞，这样做的效果反而要好得多，能够在心存歉意的丈夫的灵魂深处引起一定的震动。更为重要的是，当丈夫开始反省的时候，留给了他一条重返家庭之路。

这样做的话，可以肯定丈夫的外遇一般不会弄到不可收拾的地步。特别是在有子女的情况下，绝大多数丈夫的外遇在过了一段时间后就会变得河清海晏。在这方面，丈夫对子女的思念和对家庭的热爱出人意料地执着。通过这些现象，也可以看到男人这种生物的共性，即性格软弱，害怕孤独寂寞。

总之，虽然丈夫们的外遇数量也许有很多，但是终归容易回到原来的壳里去，即使离家出走去和其他女性同居，重返家庭的比例仍然很高。

而妻子的外遇正好相反，一旦离家出走，就很难再次回头。和丈夫相比，实际上妻子有了外遇以后，重返家庭的比例非常之低。

所以，有名为《父亲回来了》这样的小说，却没有《母亲回来了》这类小说，由此可见，丈夫和妻子对于外遇的决心完全不同。

怎样看待妻子的外遇

最后，我们看一下丈夫对妻子的外遇是怎么看的，又是怎么想的。

很奇怪的一点是，虽然丈夫们认为自己的外遇没什么大不了的，但是，对于妻子的外遇却觉得不可原谅，并把妻子的外遇当作一件非常重大的事情。如果把这种现象归结为丈夫人性上的自私就不免简单，这其中蕴含着下面的道理。

首先，丈夫的外遇是排出体外的一种行为，也就是说只要释放出去就结束了。与之相对，妻子的外遇是从外面迎进体内的一种行为。也就是说只有纳入和接受，这一点相当重要，一想到妻子身体（阴道）里可能还残存着第三者的东西，就会让丈夫产生一种无比厌恶的感觉。

这是生理上的原因。还有一点丈夫也非常在乎，就是妻子把自己的身体给了其他的男性，这就说明妻子在精神上也非常热爱这个男人。

这与其说是男人的自私任性，不如说是男人通过自己的亲身体验所获得的感悟，因为男人没有爱也可以和女性发生关系。但是，女性不大可能和不爱的男人发生关系，除了那种把自己的性作为商品买卖的女性，男人对于一般的良家妇女或者他人的妻子等，只要是在某种程度上有些好感的女性，心中就不允许她们有外遇。

我们可以这样认为，妻子外遇精神上的因素很强，这样更会使做丈夫的深陷于抑郁的情绪当中，而且会使他们感到一种异常的屈辱和愤怒。

出自从生理上的厌恶感和精神上的重度创伤，丈夫们对有外遇的妻子感到非常愤怒、伤心和失望。因此有时当然会把这神情绪带入家中，甚至在外边也会爆发，不少时候还会造成很严重的后果。

但是近年来，这种情绪激昂型的丈夫逐渐减少，有些丈夫只是一个人暗地里伤心叹气，更有甚者会因此变得阳痿，那种自卑自虐内向型丈夫的人数也有所增加。与此同时，有些丈夫即使察觉到妻子有外遇的迹象，也睁只眼闭只眼，不想弄清事实真相。

也许是女性越来越强的原因，丈夫即使发现了妻子的蛛丝马迹，但是做妻子的也绝不会坦白交代。

就如同过去丈夫即便被妻子当场捉奸，也硬要说自己和那个女性没有发生关系一样；现在不管丈夫出示了什么证据，做妻子的也坚持强调，我只是和对方在一起而已，没有其他任何的关系。丈夫原本就不希望自己的妻子有外遇，所以不久也就会接受妻子那种并无说服力的辩解。

当然，以上种种都是以即使出现了外遇，也不打算离婚为前提的。

总之，男人把自己的外遇看得很轻，坚持“没有什么大不了的”；然而妻子的外遇，却会使丈夫们因此受到很大的打击，情绪变得非常低落。

实际上现在妻子红杏出墙的人数不断增加，据说在东京有20%的妻子有外遇。

·第七章·

丈夫的家庭及其双亲

丈夫们这种“不想和麻烦的事情有任何牵连”，以及“麻烦的事情先放在一边”的特性，会引起妻子们的焦躁不安，成为妻子不信任丈夫的原因。

丈夫的自尊

丈夫的家庭就是丈夫成长的地方，也是丈夫生命的发源之地。对于自己的家庭，丈夫怀着一种怎样的感情呢？

这里首先遇到的问题是，丈夫家庭的情况，可以说是千差万别，百人百样。比如说在经济上，有些家庭相当富有，有些则十分贫寒。从社会地位来看，有些家庭社会地位很高，是名门望族，但是默默无闻的家庭却占绝大多数。关于这方面的情况，妻子在出嫁之前就已经十分清楚，所以无论丈夫的家庭怎样贫寒或者默默无闻，都不会因此产生多大的不满。

问题在于，丈夫对自己家庭的感情和态度。根据丈夫是长子或是次子，还有丈夫与双亲、兄弟姐妹的关系如何等方面的不同，会有很大的差异。

每个家庭的不同之处暂且放在一边不论，从总体上来讲，一般的丈夫对自己的家庭都会抱有相当的自豪感，或者说充满了自信。

这种自豪与自信比妻子想象的要强烈得多，而且不可动摇。

大体来说，男性和女性比起来，相对比较腼腆、容易害羞，因此很少把自己的想法十分明确地表达出来。话虽这样说，但是并不等于说丈夫本身就不存在什么想法。其中最为典型的，就是丈夫对自己家庭的感情。因此，丈夫最忌讳妻子贬低自己的家庭或对自己的家庭表示蔑视。因为丈夫的家庭是丈夫生命的发源之地，对丈夫的家庭进行贬低，和贬低丈夫的人格具有同等的威力，丈夫因此大发雷霆，也是顺理成章的事情。

当然妻子遇到同样的事情也会发怒，但总体来讲，丈夫的怒火要比妻子大得多，这种强烈的自尊心，和日本延续了几百年的家长制以及男尊女卑的思想，还有男人本身的保守性等，连接在一起，不是一朝一夕形成的。而且还有一点不能忘记的是，丈夫比妻子想象的要认真得多、死板得多。

这种倾向农村比城市显著，名门望族比无名之家严重，长子比次子明显。

对此当然应该视不同情况不同处理，但无论怎样说，贬低丈夫的家庭，比贬低丈夫本人问题还要严重，因此千万要小心谨慎。

异性相吸，同性相斥

要想用一句话概括丈夫的家庭是不可能做到的，因为从家风到经济状态，从社会地位到与丈夫的父母、兄弟姐妹的关系，等等，包含着各种各样的问题，不能一概而论。但是，其中问题最大的就是，妻子和丈夫的父母，即儿媳和公婆的关系问题。

对妻子来说，可能要与丈夫的父母共同生活，即使不在一起生活，也许有一天需要照顾甚至看护丈夫的父母，所以不可能对丈夫的父母不闻不问。特别是婆媳关系，至今人们已进行过无数的讨论，但是这个问题的根本点，我认为还是在于男人和女人之间的关系问题。这个世界上基本上是男人喜欢女人，女人喜欢男人，异性相吸，同性相斥，这是人类永恒的现象。

但是，现实生活中婆媳之间一旦出现了冲突，虽说是一种很自然的事情，丈夫也不可能袖手旁观。因为婆媳之间即使合不来，婆婆却是生养丈夫的女性，是丈夫心中最为重要的人。在这种情况下，丈夫对妻子的感情虽然别有天地，但是对母亲的感情，在很多时候要比对父亲的感情更为强烈，即便是妻子，也很难与之抗衡。

因而作为妻子，一定要避免时常对婆婆进行批评或指责。妻子在批评婆婆的时候，丈夫看起来好像若无其事地默默在听，其实很多丈夫心中却非常在乎，如果批评过分突破了丈夫心中一定的界限，很多丈夫肯定会勃然大怒。

与之相比，如果妻子批评丈夫的父亲，一般丈夫心里还可以接受，或者说还可以忍受。

但是，如果站在妻子的角度反过来看这种事，讨厌婆婆、喜欢公公，这种倾向也在情理之中。我认识的一家日式酒家的少奶奶，曾经说过这样一段心里话："我的婆婆非常厉害，有时我真希望她死了，可是我公公却非常温和，经常安慰我，给我的帮助很大。”这段话也许正是一种典型的男人和女人关系的真实写照。

婆媳之间难以相处是一种极其自然的事情，这样一想，婆媳双方互不踏入对方的领地，保持一种互不敌对、互不干扰的关系，也许是一种聪明的方法。

但是婆媳当中，有时也有婆媳之间关系非常亲密的情况。其中有一种情况，即当丈夫是一个地道的浪荡公子或酒色之徒时，妻子非常讨厌丈夫，因此不得不向婆婆靠拢。对婆婆来说，由于自己的儿子不争气，给媳妇添了很多麻烦，感到非常对不起，因此也想声援自己的媳妇。可以说是不学好的丈夫使得婆媳关系亲密起来了。

但是，这种婆媳关系已经有点过时，说起最近的婆媳关系来，也就是从婆婆的角度来看，儿子和媳妇关系过好，婆婆受到了冷遇，因此很多婆婆还会想对媳妇使坏。当然，很多做婆婆的并不是这么小心眼，不仅不会对儿子与媳妇的相亲相爱挑毛病，而且非常乐意看到这种情况，并默默地守候在一旁。

总之，丈夫、妻子和丈夫的母亲这三个人，在某种程度上，很难避免其中的两方团结一致，形成 2：1 的局面。对于这种情况吹毛求疵，是一种不成熟的表现。

但是有一点不能忘记，就是几乎所有的丈夫都希望同时和自己的妻子及母亲保持一种良好的关系。

反过来说，丈夫对妻子的爱是对异性的爱，相比之下，对母亲的爱则是一种想要回归母亲体内的那种人类本能的爱，这两种感情从根本上来说是两种完全不同的感情。

综上所述，避免这些冲突最好的方法是，与丈夫的家庭保持一种不即不离的交往方式，这可能是做妻子最需要的智慧。

回避麻烦事

把夫妻当作一个整体来看，丈妻双方和谁的家庭来往比较密切，是一个既微妙又重要的问题。

现在丈夫离开自己父母的家庭在外生活的情况非常多，在这种情况下，每逢新年等节假日的时候，当然就会回到丈夫的父母家过节。

由于平时不和双亲在一起，作为一种补偿，丈夫一般每年都带着自己的妻子回父母家几趟，使妻子和自己的双亲关系融洽起来，也许还有让妻子接受夫家家风熏陶的目的。当然有小孩的话，带回去见见祖父祖母，使他们享受到天伦之乐，也是一件孝顺父母的大事。

因此，每逢去婆家过节，好像已经成为离家在外生活的夫妻的一种义务。但是，和去妻子娘家的次数相比，一般来说回婆家的次数要少一些。

这样一来，很多的公公婆婆就会发出这样的不满：明明是嫁到我家来的，媳妇就不用说了，甚至连自己的儿子也常往妻子的娘家跑，真不应该。由此可以看到，丈夫和妻子在家庭当中，那种微妙的力量对比和影响力的大小。

因为，大体来说妻子回自己的娘家当然要轻松得多，而且妻子的父母对女婿又十分周到，使丈夫在妻子娘家觉得非常舒服自在，因此夫妻回妻子娘家的次数，事实上也就会有所增加。

与此相反，夫妻二人去丈夫父母家时，做妻子的要服侍丈夫的父母，因此感到疲劳或变得不高兴时，麻烦的事情就会随之产生。丈夫因此变得开始回避自己的家庭，这样就会使夫妻与丈夫父母家的关系越来越疏远。

丈夫们最怕的就是妻子不高兴，为了避免让妻子生气，许多丈夫在一些非原则性的事情上多少都会有所忍让。

从以上的例子可以看到，做丈夫的都不愿被牵连到麻烦事当中，这也许可以说是现代许多丈夫的共同之处。为什么会这样呢?

这里可以举出各种各样的理由，首先，丈夫去公司上班或外出工作，在外边已经很疲劳了，回到家里就想舒舒服服地看电视休息一下，如果这时发生棘手的家庭纠纷，做丈夫的会觉得十分扫兴，这是丈夫们的肺腑之言。还有就是男人这东西，和女人不一样，是一种黑白不够分明、比较暧昧的动物，而且男人走向社会后随着年龄的增长，这种倾向会越来越强，他们会极力避免由自己决定事态的局面。

这样一来，随着丈夫们作为一家之长权威的消失，同时也就放弃了由自己来决定事情的责任。

具体来说，从孩子的教育方针到升学问题，从孩子的男女关系到结婚问题，从婆媳关系到父母的看护问题，最后也包括了自己养老的问题，很多都没有得到具体、有效的解决，丈夫们只是每年徒长年龄而已。

丈夫们这种“不想和麻烦的事情有任何牵连”，以及“麻烦的事情先放在一边”的特性，随着丈夫们年龄的增长而逐渐加强，当然也就会引起妻子们的焦躁不安，成为妻子不信任丈夫的原因。

但是，在这里要为丈夫们冒险辩护一句，丈夫这东西，本来就不是决定起事情来干脆利索，既强大而又威武的。认为男人强大而且威武，这只是年轻时一瞬间的错觉，其实他们既不如妻子那么强大，内心世界又不如妻子纯洁。

因此，妻子们在充分地了解了丈夫们的弱点以后，如何和丈夫，包括丈夫的家庭、兄弟姐妹保持良好的关系，对妻子来说是一个重要的课题。而且这些事情成功与否，关键都在妻子身上。可以肯定的是，这种倾向性随着夫妻年龄的增长，会越来越强。

·第八章·

妻子的家庭及其家族

随着年龄的增长，丈夫一方会出现一种迷途知返、重新回到自己父母身边的倾向。

备受关怀的丈夫

对丈夫来说，妻子的家庭某种意义上是一个新鲜的、充满紧张感的地方，同时也是一个舒适的、良好的休息场所。

刚开始来往的时候，妻子的娘家对于丈夫来说是一个陌生的未知世界，能够唤起丈夫的新鲜感和紧张感，当然对妻子的父母及其兄弟姐妹来讲，感觉也一样。

然而妻子的父母若是对妻子的结婚持反对态度的话，那么丈夫很少会对妻子的娘家产生亲近感，有时甚至连面也不想见一下。但是这种情况极少，大多数人都是在夫妻双方父母的赞同下结的婚，所以丈夫没有理由回避妻子的娘家。

也就是说，有些问题是在到结婚为止这段过程中产生的，妻子的父母对于这个即将成为女儿丈夫的男人，是充满善意的还是带有批评的目光，根据这种态度的不同，两者之间的情况会出现很大的变化。

如果妻子的父母对女婿充满了善意，那么丈夫从订婚起就会经常出入妻子的娘家，并和妻子的父母融洽相处。反之，丈夫则很容易产生回避妻子娘家的想法。

上面是到结婚为止的各种情况，但结婚以后，丈夫和妻子娘家之间的关系就会变得更加亲密起来。

首先，从订婚开始，妻子的双亲对即将成为自己女婿的男人充满善意，结婚以后两者的关系也相处得十分融洽。这时丈夫已经非常适应妻子的娘家，因此在某种意义上娘家成了丈夫一个良好的休息场所。

使丈夫能够顺利融入妻子娘家的最大功臣是妻子的母亲，也就是岳母。对丈夫来说，岳母越是疼爱体贴自己，自己对妻子娘家的感情就越好。岳母对女儿的丈夫会比较亲切，而岳父则相对有些严厉。因为对岳母来说，女儿的丈夫是新加入自己家庭的、如儿子一样的一种存在。但是对岳父来说，心中总有着一丝自己可爱的女儿被眼前这个男人夺走的遗憾。

特别是如果妻子的娘家都是女儿的话，岳母更会觉得女儿的丈夫十分新鲜，非常可爱。当然，如果妻子娘家有儿子的话，也许就不会有那么多的新鲜感了。但是，比起不听话的儿子来，女婿由于是外人而礼数周全，因此有些岳母时常觉得女婿比儿子反而显得更可亲可爱。

对妻子的兄弟姐妹来说，特别是对姐妹来说，对这个即将成为姐夫或妹夫的男人，也会产生一种稀罕的、新鲜的感觉，因此拉近双方距离的可能性极大。

另一方面，对丈夫来讲，妻子的娘家人对自己越好，那么和妻子娘家人的关系就会越融洽，再加上丈夫如果不是长子，而是排行老二或老三的话，在自己的家中他也不可能无所顾忌，所以与妻子娘家人的亲密程度也就会变得更高。

即使是这样，如果妻子的娘家有兄弟的话，那么和岳父一样，由于双方都是男人，所以丈夫和他们较难融洽，有时还会保持相当的距离。

但是，这种情况也不是没有例外，比如虽说是姐妹，可是如果和妻子关系不好的话，丈夫也难和妻子的姐妹做到关系融洽；相反若妻子家中只有一个男孩，而且和妻子丈夫的年龄相差较大的话，他就容易把姐妹的丈夫当作自己亲生兄弟一样看待，那么两个人的关系就可能处得很好。

总之，对丈夫来说，妻子娘家的女性，也就是岳母和妻子的姐妹们很容易亲近，但是和岳父及小舅子们，一般来说亲近起来就相对困难一点。

爱回娘家的妻子

如第七章所述，每逢过年过节的时候，夫妻去丈夫的父母家或是妻子的父母家过节，是现代夫妻生活中的一个重要环节。一般来说，去丈夫的父母家和去妻子的父母家过节的比例大概是 3：7 或者 2：8，也就是说回妻子娘家的夫妻比较多。

其中的理由不说也能明白，回娘家的话，妻子会很轻松，而且丈夫作为女婿，又能受到妻子一家人关怀备至的照顾。因此，大大方方地回妻子娘家过节的夫妻人数也在增加，同时说明了妻子在家庭中的地位越来越高。

而且夫妻经常光顾妻子的娘家，和妻子娘家搞好关系，也会给夫妻双方带来很大的好处。

比如说妻子从怀孕到生产这段时期，由妻子的母亲来照顾自己的女儿比较安心；在育儿方面妻子请自己的母亲帮忙也容易说得出口，甚至还可以提一些任性的要求。

当然如果请婆婆帮忙，这些事也会做得很好，但是从妻子的角度来讲，难免会有心理上的压力。所以丈夫在替妻子、孩子着想的时候，也会觉得还是依靠妻子的娘家最为妥当。

再加上妻子回娘家，一日三餐就不用说了，还能拿回来许多生活用品。特别是两家如果住得近的话，彼此之间的来往就会更加频繁。

如此一来，妻子跟娘家越密切，丈夫也就越容易融入妻子的家庭，不知不觉中丈夫已成为妻子家庭中的一员，有时还会出现妻子回到娘家长期不归的情况。特别是在生产、育儿等需要妻子父母帮忙的时候，很多妻子索性就一直住在娘家。

这在夫妻之间关系很好的时候，当然不会出现什么问题，但是如果夫妻关系不好，比如说在夫妻吵架之后，妻子回到娘家一去不返，这种状态要是一直持续下去的话，就会引发夫妻之间的危机。

在这种情况下，妻子的娘家就成了妻子的一个避难场所，就会出现有时在电视剧上看到的那样，丈夫到妻子的娘家低头赔罪的场面。

当然，这种情况是女性，也就是妻子的地位越来越高之后才产生的，以前妻子与丈夫吵架后跑回娘家，娘家人也许会指责妻子缺乏忍耐精神而不让妻子进门。

以前曾经有“女人在三个地界都没有家（也就是女人在哪儿都没有安心居住的地方）”这样一句话，现在这句话已经变成不再使用的死语，因为即使嫁了出去，很多女人还是可以经常性地、名正言顺地回到娘家。

很多做母亲的都会发出这样的感慨，早知这样，还是要女儿好，好不容易把儿子抚养成人了，又出门在外几乎不着家，等到结了婚，又紧紧跟在妻子屁股后面，跟妻子娘家人亲近。

然而，丈夫受妻子娘家吸引、与妻子娘家关系趋于密切是一种时代的潮流，这种趋势今后会日益增强。

丈夫的回归

读到这里，人们会认为丈夫与妻子娘家之间的蜜月关系永远不会动摇，其实这种关系并不是绝对的。这种亲密关系随着岁月的流逝，慢慢地会变得松散，乃至出现破绽。

首先就是外孙、外孙女的教育问题，夫妻双方在共同工作的情况下，把孩子交给妻子的娘家抚养，这样虽然很放心，但是随着孩子的成长，也会出现形形色色的问题。

其中之一就是由于妻子的父母对外孙、外孙女过于溺爱，因此在教育问题上有一些观念容易使夫妻产生冲突。在这一点上丈夫的父母也是同样，只是丈夫的父母和孩子接触的机会较少。

话虽如此，但是夫妻决定把孩子寄养在妻子父母的家中，然后又埋怨妻子父母过于溺爱外孙、外孙女，把他们教育成了酷似祖辈的孩子，他们也过于自以为是了。

而且随着外孙、外孙女的长大，问题自然会变得越来越多，完全没必要将孩子继续放在妻子父母的家中。以前是把孩子交给妻子的娘家照顾，并从妻子娘家拿回来各种各样的日用品，丈夫与妻子娘家关系密切也有这些现实的理由，但是随着这些需要的消失，两者的关系也会渐行渐远，这在一定程度上也是自然而然的事。

在与妻子娘家的疏远方面，做丈夫的当然会比妻子更为明显，所以长期以来丈夫与妻子娘家之间构筑的那种蜜月关系也开始逐渐走向解体。

这种现象从夫妻结婚十五六年到二十年左右，也就是自己的子女们开始走向独立的时候，开始变得特别明显。

但是换言之，这种现象也说明了夫妻双方从新婚燕尔之时开始至今，总算建立起了一个属于自己的家庭，同时妻子父母的生老病死，也是造成丈夫与妻子娘家关系疏远的原因之一。

最后等到自己的孩子长大开始独立，丈夫去妻子娘家的次数就更少了，偶尔登门也是由于婚礼、丧礼等非出现不可的场合。

与之相反，夫妻和丈夫父母家的来往却随着岁月的推移，反而变得密切起来，每次参加丈夫家的婚礼、丧礼等仪式，彼此之间的关系都会得到进一步加强。

也就是说，随着年龄的增长，丈夫一方会出现一种迷途知返、重新回到自己父母身边的倾向。这种变化就好像座钟的钟摆似的，很多丈夫年轻的时候，疏远自己父母的家庭，与妻子娘家融为一体，然而随着年龄的增长又重新回到自己父母的身边。这种表现或可解释为男性特有的倦鸟归巢的本能。

了解了以上的事实，丈夫们的父母应该明白，虽说儿子在一段时间里会相对地依附妻子一方，但也不必每天那么唉声叹气。眼下虽然如此，但是总有一天儿子会迷途知返，重新回到自己的身边。仔细想一下，公公婆婆们其实心里也明白这个道理，只是一到现实生活当中，以做父母的心情来看，一想到那种遥遥无期的等待，却又怎么也忍不下去了。

·第九章·

丈夫的拒绝回家症候群

当丈夫们到了四十多岁至五十多岁这个年龄层时，随着精神上和体力上的衰退，拒绝回家症候群这种现象自然就会慢慢消失。

如同孩子们有“拒绝上学症候群”的现象一样，在丈夫们身上也有一种应该称之为“拒绝回家症候群”的现象。

为什么会出现这种现象，这些丈夫的实际情况又是什么样的呢？这一章里将围绕这个问题进行探讨。

丈夫与妻子的不同

一般来说，一听到“拒绝回家症候群”这个词，几乎所有的人都会想到是丈夫。实际上在男人们当中，就有“那个家伙是个拒绝回家症候群的丈夫”的说法，在妻子当中也有“那家的男主人好像得了回家恐惧症”的传言。

很多人会觉得不可思议，为什么这个词只用在丈夫身上，而不用在妻子身上呢？其实说得明白一点，在妻子的身上也不是没有回家恐惧症这种现象。结婚不久或者结婚一段时间以后，也有妻子回了娘家就一去不返的情况。

妻子若是患上了拒绝回家症候群，那么近乎百分之百的理由是出自对丈夫的厌恶。妻子不再爱丈夫了，不用说面对面在一起，就是在一个家中呼吸同样的空气，妻子也会感到十分难受。到了这种程度，妻子当然不愿回家，她会一直住在娘家或朋友家中。

其他还有一些妻子，是因为对子女教育问题失去信心而得了神经官能症，或者是由于婆媳不和而不回夫家，但是把这些妻子全加起来，患有拒绝回家症候群的妻子的数量还是很少。

与之相对，丈夫们的拒绝回家症候群的特征就是，其原因不一定来自对妻子的厌恶。虽然结婚多年后，丈夫对妻子是有一种腻烦、厌倦的感觉，但那也不会马上成为丈夫厌恶妻子的缘由。但就是有一种说不清的不想回家的感觉，这是拒绝回家症候群的丈夫们表现出来的最多症状，因此有些夫妻看上去好像没什么问题，但也会频繁出现这种情况。

仔细对患有拒绝回家症候群的丈夫或妻子进行观察，可以明白以下事实：妻子患有拒绝回家症候群，其主要原因是对自己丈夫的厌恶，所以几乎都是以离婚为结局；但是，丈夫的拒绝回家症候群，出自对妻子厌恶的因素不是很强，所以实际上走到离婚这一步的很少，一般都是拖拖拉拉地持续着拒绝回家症候群的各种症状。

借酒消愁

拒绝回家症候群最为显著的症状，不用说就是不会轻易回自己的家。但也不是完全不回家，只是回家很晚而已。很多人有时甚至到凌晨几点才回家。

拒绝回家症候群的丈夫们除了回家很晚以外，还有一个多发的症状，就是几乎所有的丈夫都是大醉而归。许多妻子面对这种情况，感到十分棘手又非常气愤。但是，就是因为喝得烂醉，至少不可能和其他女人发生很深的关系。

那么这些丈夫们在喝酒喝到很晚的同时，又在做什么呢？这个时候男人们谈论最多的就是公司的事，和同事在一起议论公司的事、上司的情况以及部下的种种。男人们相互诉说各种各样的不满，互相发牢骚，互相安慰，个中滋味可谓五味杂陈。

其他还有一些男人在酒吧或是酒馆，对妈妈桑和其他女性撒娇或者进行纠缠，有时还装作很喜欢对方的样子，去体味那么一点点的冒险和心跳的感觉，以此为乐。

总之，晚醉而归的丈夫们，只要不是酒精中毒或者过度贪杯，几乎所有的男人都是靠喝酒来发泄白天工作上的郁闷和不满的。

也就是依靠酒精和可以自由倾诉的朋友这两者的帮助，来发散一天的焦躁情绪，然后为迎接新一天的工作重新抖擞精神，在这种意义上来说，晚醉而归可以说是起到了一种精神复苏的作用。

当然，这不能作为晚醉而归的有利借口，但总体而言，这些丈夫的确因为精神上相对脆弱，加之个性比较内向、温吞，所以内心更容易受到伤害。

无醉的晚归

如果把晚醉而归看成丈夫们拒绝回家症候群的主要症状，那么还有一个类型与之不同，就是那种没有喝醉也回家很晚的丈夫。

有些人认为，这类丈夫比晚醉而归的丈夫情况更加严重，他们晚归的原因也是千差万别。

首先是喜欢参与打麻将等赌博活动的男人，这类丈夫很难早早回家。这些赌博活动有些只要玩上一次就很难戒掉赌瘾，有时甚至导致家庭崩溃的情况也不在少数。

靠喝酒来发泄生活的郁闷，多少还能与第二天的工作联系在一起，但是一旦参与赌博等活动，则可能造成严重的后果。若是因为这种理由，致使丈夫的晚归现象有所增加的话，则是一种相当危险的信号。

还有一种不喝酒而很晚回家的丈夫，问题就出在男女关系上面。这种情况比醉酒晚归、赌博晚归问题还要严重得多，夫妻之间因此产生冲突的情况也为数众多。出了这种问题的丈夫，只要细微观察一下就能发现，这类丈夫不一定每天都很晚回家，也就是说回家的早晚根据日子不同而有所不同，而且还有一个特点，就是每次晚回家的时候都能忽隐忽现地使人感到有什么地方不对劲；早上出门之前就有些心神不定，对领带呀衬衫呀等这些平时不注意的细节开始讲究起来。

大体上来说，在这方面，男人和女人相比，乍看上去好像非常细致周密，然而肯定会在什么地方显出漏洞，特别是在男女关系方面，男人很容易露出马脚。

另外还有一类热爱社交的丈夫，从电影、戏剧、音乐会到名目繁多的聚会，哪样活动都少不了这些男人，因此他们也是难得回家的一族。这些丈夫和其他患有拒绝回家症候群的丈夫相比，可以说是相当健全而且具有上进心，是兴趣广泛、教养良好的男人，但其中也包含了一些拒绝不了他人邀请，从而随波逐流的老好人。当然其中也有不少丈夫是和其他女性一起，同进同出参加各种活动的，所以做妻子的仍然不可大意。

然而总体上讲，这种类型的丈夫精力旺盛，而且充满好奇心，其中不少人有时还会发展成极端热衷于某项事物的狂热者。

另外，最近还萌发一种现象，就是有些丈夫其实并没有什么特别的工作，但还是留在公司里拖拖拉拉地加班。有些丈夫明明不用加班，却做出一副加班的样子。在这段时间里，有的是一个人在电脑上玩游戏，还有人甚至对着桌子在打盹儿。

这类丈夫中的多数人觉得，与其回家，不如留在谁也不在的公司里，坐在自己的办公桌前更为安心自在。这也许是拒绝回家症候群中一种新的类型。

拒绝回家症候群的原因和治疗

以上列举了拒绝回家症候群的各种类型，但是更使人感兴趣的是这些症状和年龄的关系。

一般来说，在新婚蜜月时期几乎没有这样的丈夫，最快的也是结婚一年以后，才开始有个别的丈夫出现这种情况。过了五至十年以后，这种现象开始普遍起来，而且情况不断恶化，很难得到改善。

但是只要这段时期一过，即丈夫们过了 50 岁以后，回家的时间便又开始逐渐提早，从表面来看，拒绝回家症候群已经痊愈。

虽然这样说，但是与其说这些丈夫克服了拒绝回家症候群，不如说上了年纪的丈夫们已经没有晚归的体力和精力了，而且在经济上也渐感囊中羞涩，只好早早回家，这才是实际的状况。

总之，在引发拒绝回家症候群的各种导火索中，最不可忽视的就是家庭内部的矛盾。当然情况也是因人而异，不可一概而论，首先就是由于妻子总想获取外界的消息，所以不停地向丈夫提出各种问题，对丈夫纠缠不休、唠叨不止。

由此一来，丈夫们当然会感到腻烦，因想要逃避而开始很晚回家，久而久之就成了一种习惯。

第二点是丈夫回到家里，却发现没有自己的容身之地。比如说家中没有丈夫自己专用的房间，妻子又把所有的精力都放在孩子身上，妻子孩子都不把丈夫放在眼里。在这种情况下，丈夫回到家里也没有意思，长此以往丈夫就会回来得越来越晚，因此丈夫在家中的存在感也就越来越淡。

另外就是子女的教育问题、房屋贷款问题，还有和婆家娘家的关系问题、婆媳不和等围绕家庭生活的各种问题。妻子希望丈夫拿出解决问题的办法或做出决断，但丈夫对这种麻烦琐碎之事避之犹恐不及，不理不睬最为理想，很多丈夫都是因为这些原因，才很晚回家的。

应该注意的还有丈夫与妻子之间的关系问题。有些丈夫从单纯地对妻子感到厌倦开始，渐渐地变成了对妻子的厌烦，甚至再进一步变成厌恶，这也是丈夫拒绝回家的理由。

这种情况要十分警惕，因为一步走错就可能引发夫妻之间的深层危机。

但是对一对夫妻来说，长久地厮守在一起，丈夫对妻子产生厌倦，甚至发展到看见对方就感到腻烦的地步，这在某种程度是不可避免的。其实妻子对丈夫的感觉也是同样，可以说是彼此彼此，哪一方的感觉都好不到哪儿去。

总之，丈夫的拒绝回家症候群是由于夫妻性关系的千篇一律化、生活上的惰性以及彼此之间缺乏紧张感而自然形成的，但这绝不是一种受人欢迎的现象。

然而，通过现实生活中多发的丈夫“拒绝回家症候群”的各种问题和症状，也可以看出这实际上是男人们对妻子恃宠撒娇的一种表现。说得再直白一点，就是大多数丈夫心中都潜藏着一种安心感：虽说自己很晚回家，但是妻子们总会把家里管理得很好，不会出现什么问题，因此丈夫们的拒绝回家症候群，一般都不会导致不可收拾的结局。

当然，有些妻子也会觉得，如果丈夫单方面地过分依赖自己，长久下去也不是办法，但是多数拒绝回家症候群的丈夫事实上都相当信赖自己的妻子。

进一步深入探究丈夫们的心灵深处，就会发现拒绝回家症候群这种现象背后，隐藏着男人们骨子里的那种特有的对自由的向往。

和女人相比，男人本来就具有一种不沉稳、不安定的特性。

女性总是向往结婚生子，然后努力营建自己的小家庭，与之相比，男人却一边结婚生子，一边又总把目光转向外面的花花世界。男人不像女人那样把心思集中在一点上，他们总是四处东张西望，心浮气躁，心思也时常处于飘荡在半空之中的状态。

男人们特别不习惯身心都集中在一点上，继而不断地对周围的事物产生兴趣，即使很小，男人们也希望在自己的生活圈子里保有一方属于自己的自由空间。拒绝回家症候群刚好把丈夫们这种微小的愿望体现了出来。

如果一下班就回家，然后被妻子和孩子们包围起来，丈夫即使忽然有了什么想法，也不能随心所欲地打电话或自由地出入。即使实际上并没有什么要做的事情，但他们总感到一回家，就像是关进笼子里的鸟，失去了自由。

通常，只要妻子和孩子对待丈夫和父亲的做法有所改变，情况就有相当大的改善余地，但是如果改变方法过于突兀夸张，可能也会适得其反。

比如，妻子突然打扮得亮丽动人，并且嗲声嗲气地和丈夫说话，那么丈夫反而会感到紧张胆怯，拒绝回家症说不定还会恶化。也就是说要掌握好分寸，用一种自然、适度的态度关心丈夫，使丈夫慢慢体会到在家里也可以享受到安心和舒适。

如果这种做法对某些丈夫还起不到应有的效果，那么妻子可以尝试一下自己外出，而且回家比丈夫还晚。

这样一来，那些拒绝回家症候群很严重的丈夫，也会变得乖乖地早早回家。因为拒绝回家症候群的原因之一，是丈夫们对妻子感到厌烦或是觉得在家中会受到妻子的约束，如果妻子不在家，对于丈夫来说，可以说是最后的一种惩戒手段。

当然，这种做法并不一定效果显著，而且有时做过了头，也可能造成夫妻之间大吵大闹的局面。

总之，应该根据丈夫们各自的症状来选择适当的治疗方法，有一点可以明确告诉大家的是，当丈夫们到了 40 多岁至 50 多岁这个年龄层时，随着精神上和体力上的衰退，拒绝回家症候群这种现象自然就会慢慢消失。等到了退休，几乎所有丈夫的拒绝回家症候群都会不治而愈，这一点是千真万确的。

我的那些朋友，可以说几乎都是年过 60 以后，变得一办完事就直接回家，没有发现一个有拒绝回家症候群症状的丈夫。相反不少妻子还抱怨丈夫出门办事虽好，可惜回家太早。

从这个角度来看，拒绝回家症候群是丈夫们还处于风华正茂时期的象征。总有一天，即使不受妻子欢迎，丈夫也会早早回家，因此妻子们对丈夫的晚归还是宽容大度些为好。

·第十章·

希望妻子成为专职主妇

丈夫们心里几乎都挺明白，但是希望自己太太成为专职主妇的愿望却依旧很强。这其中还有一个不可忽视的理由，就是丈夫们的“金屋藏娇症候群”。

根据 2000 年的调查显示，在日本，现在夫妻双方共同工作的家庭占全体家庭的 44.9%，已呈现接近一半的趋势（见图 7）。

在这么多夫妻双方都在工作的时代，丈夫还希望自己的妻子成为专职主妇的观念，的确远远地落后于时代。但即便如此，丈夫们希望自己妻子成为专职主妇的愿望依然非常强烈。

当然，丈夫们并没有十分明确地把自己的这种想法大声讲出来，他们也明白这是一种陈旧的、逆时代潮流而动的想法。但在他们心中，这种愿望仍然如绿水青山，绵延不断。

很多妻子对于丈夫们的这种想法也许会大吃一惊，但是为了了解丈夫们这种执着的愿望，有必要探索一下男人内心深处的世界。

夫妻双方对双薪家庭的理解

现在如果问即将结婚的年轻男子：“结婚后你太太可以出去工作吗？”几乎所有的人都会回答“没有问题”。而且，向现在夫妻

图 7　夫妻就职情况

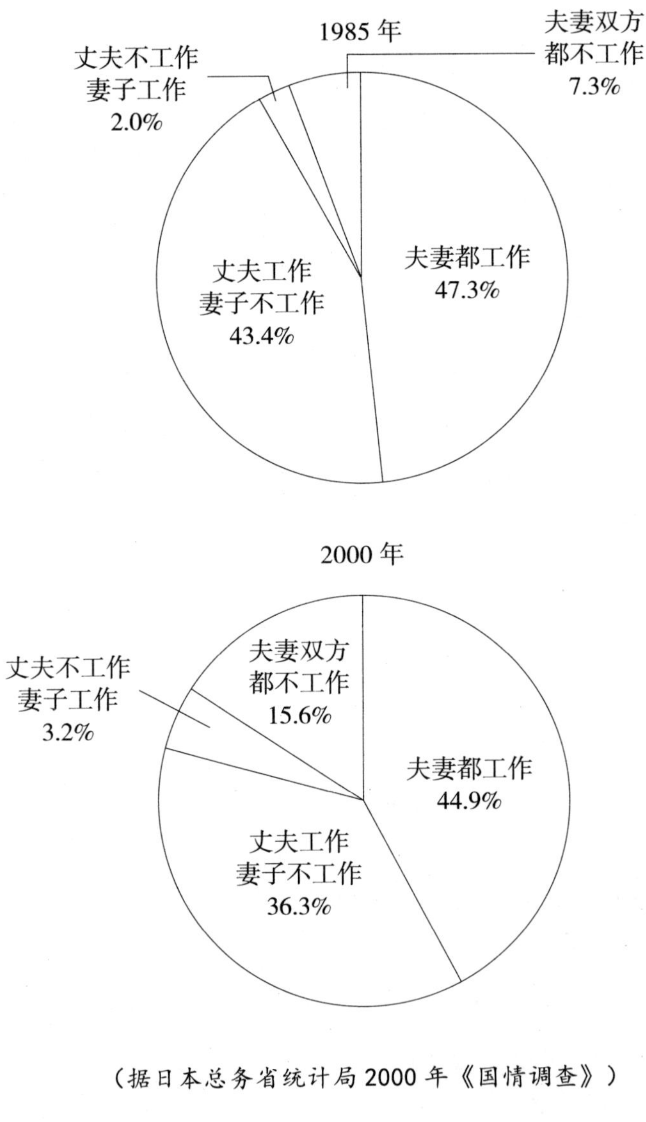

（据日本总务省统计局 2000 年《国情调查》）

双方共同工作的丈夫一方打听，他们几乎也会同样回答“没有问题”。

丈夫们同意夫妻双方共同工作的理由多种多样。

第一个理由就是经济上的理由。夫妻双方共同工作，那么生活就会比较轻松，减轻偿还住房贷款的负担，还有丈夫自己的零花钱也会增加，同时还可以享受工作以外的生活乐趣。孩子出生以后，从养育费到教育费等需要花费大把钞票，收入当然是多多益善。

这个理由很好理解，而且容易为他人接受。

第二个理由是丈夫们希望妻子外出工作、施展才华。说得再夸张一点，这显示了丈夫们希望女性走向社会的良好愿望。对新时代的男性来说这是理所当然的事情，也非常符合女性们的心愿。

第三个理由是有一类丈夫希望妻子是妻子，自己是自己，彼此能够保持一种相对独立的关系，夫妻之间不过分缠绵，保持一种淡然相处的状态。在老一代人看来，这种夫妻关系也许显得过于疏远。

第四个理由是，还有一种类型的男人认为与其自己出去工作，不如优哉游哉地待在家里做些自己想做的事情。这种倾向发展下去，就有类似于“吃软饭”的嫌疑。

以上把同意夫妻双方共同工作的丈夫分成了四种类型，第三、第四种类型的丈夫有些特殊，所占人数极少。

人数虽然较少，但是第四种类型的男人，在温暖的南方人数相对偏多。

还有一点引人注目的是，夫妻双方都不工作的比例，2000 年高达 15.6%，这个数字也令人吃惊。

这些夫妻靠谁的收入来生活呢？不用说也可以想到是依靠父母生活，这正可以称之为“恃宠撒娇的时代”。

丈夫赞同夫妻双方共同工作的理由中，特别要注意的是第二种理由。

承认妻子的才能，赞成女性走向社会，话是这样说，真轮到男人自己的话，就会出现微妙的变化。

原因在于男人在追求自己喜欢的女性时，往往容易信口开河，经常会说一些讨女性高兴的、言不由衷的话。如果女性说婚后也希望继续工作，男方肯定会说赞成，还会跟女方约好协助料理家务和照顾子女，等等。

以前有一个电视节目，讲的是一个嫁到农村的女性，倾诉对丈夫的不满。原因是结婚之前丈夫曾经答应妻子，不与丈夫的父母共同生活，不让女方做农活，一年带妻子去海外旅行一次等。结果婚后男方答应女方的事情一件也没有做到。

没有这个例子也可以明白，很多丈夫婚后就把订婚时的约定忘到脑后，并不喜欢妻子婚后外出工作。这里面包含了丈夫一种微妙的心态。

希望得到妻子的服侍

所有的男性在结婚一事上，都会在心中描绘自己的梦想，妻子们自然也有自己的梦想，但是双方梦想的内容却往往相距甚远。

一般丈夫们的梦想首先是工作完了回到家中，一直在家等待的妻子贤惠地迎到门口，说上一句：“您回来了。”接着开始吃晚饭，在饭桌上妻子把丈夫照顾得十分周到，不久后两个人的热情高涨起来，进入属于夫妻两人爱的天堂。第二天早晨妻子比丈夫先起，准备丈夫的早饭，然后他在妻子“小心、慢走”的叮嘱中被送出家门。

当然，对妻子已经感到厌倦，或者是厌烦的丈夫另当别论，但这种情况出现在结婚很长一段时间以后，至少多数丈夫在新婚燕尔之时还是一心一意存有妻子照顾自己的梦想。

作为回报，丈夫们按时按点地去公司工作，养活妻子也是顺理成章的事情。

写到这里，很多女性会发出“什么呀？这和以前的男人不是一样吗”的惊叹。

的确如此，男人们基本上没有什么改变，这是丈夫这东西的实际情况，也是他们共同的梦想。所以丈夫们对太太是专职主妇的上司或朋友，不知为何总是感到非常羡慕。

虽然说不出口来，但是丈夫们心里却一直希望，有朝一日也能像自己的上司那样，让妻子成为照顾自己的专职主妇。

这种想法，就和直到现在有些妻子还抱有那种被英俊的白马王子爱上，住在豪宅过上奢侈生活的梦想一样。

男女之间对于爱情、结婚生活的梦想与期待，从过去到现在，不管形式上有什么变化，骨子里的东西并没有多大改变。

由此可以看到，丈夫们所梦想的结婚生活，在夫妻双方共同工作的情况下，其理想和现实可谓是一个天上，一个地上。

首先，妻子如果工作的话，每天晚上指望妻子做晚饭，丈夫回家时在门口迎接是不可能的了，而且每天早起做早饭，把丈夫送出家门也是办不到的。相反每天迎送自己妻子的丈夫却有所增加。还有就是夫妻之间的性生活，要根据妻子工作或疲劳程度等具体情况而定，不可能总使丈夫如愿以偿。如果妻子担任领导的话，那就更难达到丈夫的要求。

这样一来，丈夫们的那些希望和梦想很快就会破灭，夫妻之间在感情上出现龃龉，不少人甚至会走到离婚这一步。

“深藏闺中”的妻子

夫妻双方共同工作的状态，彻底粉碎了丈夫们希望妻子成为专职主妇的愿望。面对这种情况，唯一使丈夫们觉得无可奈何或是可以接受的，就是经济上的理由。

被妻子“光靠你的收入根本不够，我也要出去工作”这么一说，丈夫希望妻子成为专职主妇的愿望再怎么强烈也只能破灭。他们会对自己的不够能干感到羞愧，除了垂头丧气别无他法。

特别是最近，因向往奢华生活而外出工作的妻子人数也逐渐有所增加。在这种情况下，丈夫们虽然认为生活不必如此讲究，但也不得不同意妻子外出工作。毕竟妻子外出工作，自己多少可以过得宽裕一点，对自己也有些好处。

因此，经济上的原因，是打破丈夫们希望自己的妻子成为专职主妇最强有力的理由。

另一个具有说服力的理由，就是发挥妻子的才能。有些才能出色的妻子困在家中，才能得不到发挥，非常可惜。由于丈夫的自私愿望，把有才能的妻子变成专职主妇，对社会来说也是一种损失。特别是近年来，大学毕业的女性增加了很多，把她们困在家里，光是从花掉的学费角度来讲也是一种浪费。许多女性的智慧、活力和行动能力比现在的男人们优秀得多，因此女性走向社会、外出工作，从国家这个角度来看，同样具有非凡的意义。

以上种种道理，丈夫们心里几乎都挺明白，但是希望自己太太成为专职主妇的愿望却依旧很强。这其中还有一个不可忽视的理由，就是丈夫们的“金屋藏娇症候群”，其严重程度因人而异。总的来看，丈夫对于妻子外出工作，并不感到愉快。其理由就是担心妻子在外边遇到比自己更有魅力的男性而被对方吸引，尝遍各种优雅的饭店或酒吧，增长了许多自己不知道的见识。

也许很多妻子会对此一笑了之，但男人们却出人意料地是一种内向的、容易受伤的动物，特别是那些对自己没有信心的男人，这种想法更加强烈，有时甚至变得疑神疑鬼。他们担心自己以后难以驾驭妻子。

想要驾驭妻子这种想法本身，就是一种非常陈腐的意识，男人以前就是通过控制妻子，来维持一种做丈夫的体面。现在这种体面，由于妻子走向社会而丧失了，以前丈夫们时常被认为非常了不起，现在却遭到人们的轻视，男人们脚下已无立锥之地。

自然，把妻子“深藏闺中”的话，妻子就不会为这个世界上的其他男人所知，也就能一直保持新婚时的那种无知和纯真，很多丈夫现在仍然抱有这种不切实际的幻想。

总之，日本的丈夫们，不经常带自己的妻子外出，也不打算让别人见到自己的妻子，其中的理由之一，就是出于把好东西留给自己一个人享用的这种根深蒂固的想法。

根据年龄而变化

以上围绕着丈夫们希望自己的妻子成为专职主妇的愿望进行了探讨，但是这种愿望根据丈夫们年龄的不同，又会发生一定的变化。

在新婚燕尔时期，丈夫们也非常年轻，在订婚期间说过不少对妻子表示理解的话，所以妻子外出工作，至少在表面上丈夫们几乎都不会反对。他们认为妻子外出工作，即使可能遇见各式各样的男人，但由于处在新婚热恋时期，相信妻子不会变心。

但是，结婚几年之后，特别是孩子出生以后，丈夫就逐渐产生了希望妻子成为专职主妇的愿望。理由就是在生活中真正体会到了养育孩子的艰辛，实际上很多妻子都是因为抚养孩子才断了外出工作的念头。而随着孩子的长大成人，进入高中或大学以后，她们又开始考虑重新走向社会。这时妻子们已没有了后顾之忧，希望重新在社会上大展宏图，但是半路总会杀出丈夫这个程咬金来，想要挡住妻子们复职的道路。

丈夫们表面上的说辞是妻子已经辞职到现在了，有什么必要又去工作。实际上却是丈夫们随着自身年龄的增长，希望妻子在家照顾自己，加上男人的“金屋藏娇症候群”，所以丈夫们千方百计地要把妻子留在家中。

但具有讽刺意义的是，这个时期妻子们从养育孩子等家务中解放出来，精神上变得自由开放，凡事向前看，而且精力旺盛，所以很难接受丈夫们希望自己留在家里的要求。

因此，从这个时期开始，夫妻之间从对将来的人生设计到价值观等方面，开始出现了微妙的偏差。当然也有一些夫妻顺利地渡过了种种难关，随着年龄的增加，两个人之间的感情进入了一种平稳而又深厚的阶段。

结果如何，这是夫妻们各自的问题，不可概而言之，但是越是这种时候，丈夫们心中希望自己的妻子成为专职主妇的愿望就越强烈，这是一个无可争辩的事实。

·第十一章·

渴望交谈的妻子与只想倾诉的丈夫

男人首先是要倾诉，交谈是放在倾诉后面的，而且更令妻子们头疼的是，在丈夫们的主观意识里，倾诉是高级的，交谈则是低级的。

现在对 30 多岁到 40 多岁的妻子们来说，最不满的就是和丈夫之间没有语言上的交流。

当然对于 50 多岁到 60 多岁的妻子们来说，也存在着同样的不满，只是到了这个年纪，大多数的妻子对丈夫已经心灰意冷了，很多妻子在这方面开始认命，觉得这是没有办法的事情了。

那么多的妻子想要交谈，究竟为什么丈夫们不能回应妻子的要求呢？丈夫们明明知道和妻子交谈非常重要，为什么会不努力进行呢？

累得要命的丈夫

在这里首先看一下丈夫无意与妻子交谈的理由，第一点就是“累得要命”这个借口。

丈夫们在公司或各种各样的工作上呕心沥血、费心劳神，回家以后，觉得总算可以休息时，妻子又来提出这样那样的话题，丈夫们当然没有力气一一作答。

“无论如何，现在让我休息一下。”这句话道出了丈夫们的心声。

但是这样一来，丈夫们就会遭到妻子的回敬：“若说累得要命的话，我们也是一样。”

的确，夫妻双方共同工作的妻子就不用说了，即使是以家务为中心的专职主妇，从育儿到做饭，在劳累这一点上也许可以说是同样的。这时妻子主动地和丈夫进行交谈，难道丈夫不应该回应妻子的要求吗？妻子们有这种想法也天经地义。

若是同样在外工作的妻子要求交谈，丈夫这种“累得要命”的理由，就更没有任何说服力了。

男主外、女主内

除了“累得要命”之外，丈夫们常常挂在嘴边的口头禅就是“这些鸡毛蒜皮的事情，怎么都行”，或者是“这些事情也不是非现在不可，不用那么着急吧”等逃避责任的说法。

的确很多妻子从孩子的教育问题、住房贷款问题到与婆家、娘家的关系问题，甚至连住在附近的邻居及公寓管理人、朋友的事情等杂七杂八的话题都要拿来和丈夫谈论。

这些事情除了一小部分外，其他都相当重要，不是可说可不说的事情。特别是子女的教育问题、与娘家婆家的关系问题，等等，还非得夫妻双方一起讨论才行。

尽管这样，丈夫们还是拒绝和妻子交谈的话，与其说是前面所说的累得要命的理由，不如说是怕麻烦的心理在作怪。

丈夫们尤其讨厌考虑和家务有关的一些琐事。认为这些事情应该由妻子料理。有些丈夫甚至有一种观念，认为如果丈夫去管那种鸡毛蒜皮的家庭小事，有失男人的体面。在这种观念的深处，体现着一种男主外、女主内，男女在社会上应该有不同分工的思想。

说到丈夫们怕麻烦的程度，有下面这样一个笑话。

有一个怕麻烦的丈夫，妻子说："你偶尔把院子里的草除一除吧。"丈夫回答："请人帮个忙吧。"妻子又说："阳台的窗户很难打开，你去修一修吧。"丈夫回答："请人帮个忙吧。"然后妻子又说："我们差不多该要个孩子了吧？"丈夫还是回答："请人帮个忙吧。"

像这种怕麻烦、不愿意做家务的丈夫相当之多。

家务白痴

第三点应该考虑的是丈夫们对家务的处理能力近乎零。

一般来说，丈夫们从新婚开始就外出工作，所有的心思一直全部放在工作上，几乎没有做过家务事。这种状态长期持续下去，丈夫对家务本身就会更加生疏，当妻子征求丈夫意见的时候，实际上丈夫也不知道应该怎么处理才好。

比如说在某个家务问题上，即使妻子进行了一系列的说明，丈夫因为一下子听不懂，就感到没有意思，因为没有意思也就不想关心，如此一来在家务事上就产生了恶性循环。

为了防止出现这种恶性循环的状态，妻子从年轻时就应该开始经常和丈夫提起各种家务事，并总是设法与丈夫商量，绝不说“你在外边工作，所以我来做家务”那种话，即不纵容男人的懒惰。

比如说关于家庭经济方面的问题，可以先从直接影响丈夫零用钱的话题入手和丈夫进行商量，还有家庭里的各种问题、和邻里的关系问题、亲戚关系问题，等等，可以时常先从丈夫的切身利益入手，挑起话头开始和丈夫交谈。

这样一来，丈夫便不可能无动于衷，然后再设法让丈夫也不得不参与到家务事之中，一起进行思考。

这样从日常生活中的有关家务开始，丈夫们对家务事的熟悉和参与度，因此会得到很大程度的改善。

实际上如图 8、图 9 所示，丈夫们对家务的参与度正在慢慢增加，到 2003 年已有 85.9% 的丈夫以各种方式参与家务劳动。

而且丈夫参与家务的家庭中有近八成的妻子对生活表示满足；相比之下丈夫不帮忙做家务的家庭，妻子对生活表示满足的只占一半，这个数字相当低（见图 10）。

虽说丈夫帮忙做家务，妻子感到满足是理所当然的事情，但是丈夫养成多少参与一些家务的习惯，确是保持与妻子之间良好关系

图 8　夫妻分担家务比例

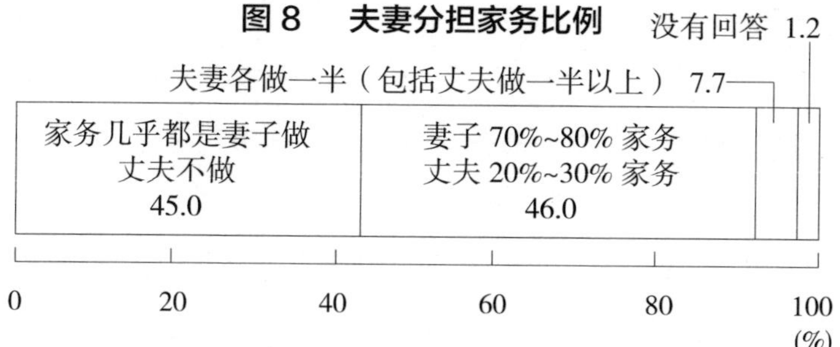

图 9　丈夫参加家务的情况

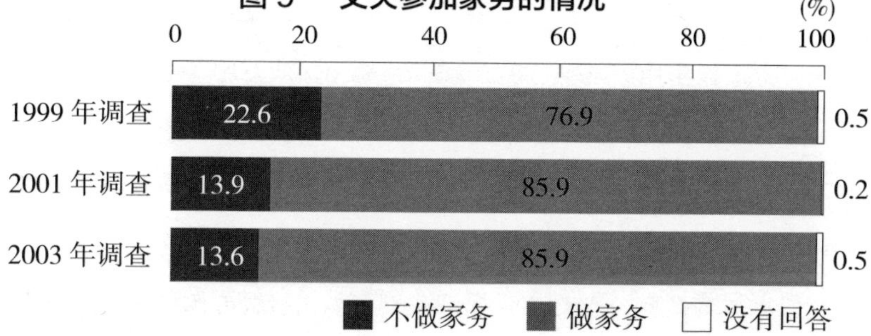

图 10　家庭生活的满足程度（按照性别、丈夫帮忙做家务的程度）

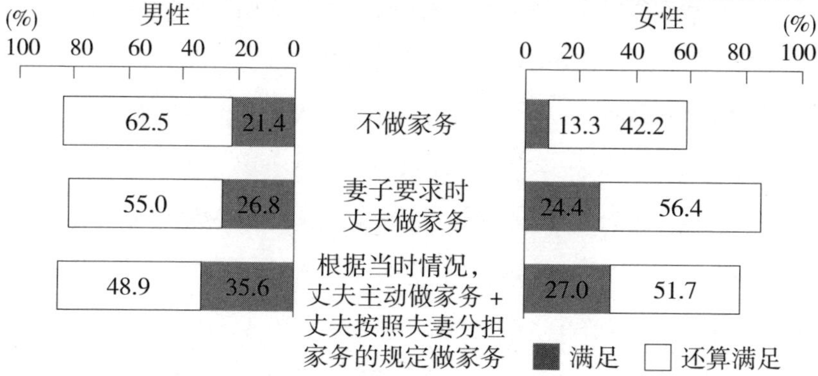

（据 2003 年 10 月日本第一生命经济研究所《生活设计白皮书 2004—2005》）

的一种有效的手段。

拙于交谈

第四点，就是丈夫们没有了交谈的习惯。

不管什么样的夫妻，在新婚燕尔之时或是在订婚期间，双方都经常交谈，甜言蜜语就不用说了，其他各种话题也是源源不断，比如对方工作单位的事情、朋友的事情、哪个饭店好吃、对方喜欢什么、是哪个演员的忠实影迷、想去看什么节目，等等。

但是一旦结了婚，双方的关系固定在夫妻这种形式的同时，交谈一下子就减少了许多。其实，正是因为结了婚，夫妻之间才应该有说不尽的话题，但是丈夫们却主观地认为没什么好谈的了。这和“钓上来的鱼不用撒饵”这句谚语的想法较为相近。

这种想法的背后隐藏着男人这样一个想法，就是交谈原本是男人的弱项，如果可能的话，一句话也不想说。

如果女性问道：“如果这样的话，男人们到底需要什么呢？”男人们的答案只有一句话，就是做爱。

这种话听起来非常刺耳，虽说不能代表全部男人，但也说出了相当一部分男人的心里话。

女性会发出“那么迄今为止的那些谈话都是些什么呀”的反驳，如果诚实地回答，可以说那些都是投对方所好，想要和对方发生性关系的一个忍耐的过程。

总之，男人不会像女性那样喋喋不休地交谈，也没有那种以聊天为乐的想法。如果可能的话，男人只希望用“YES”“NO”这种简单的词语和女性进行交谈。

饭馆、公司、家中，还有所谓的井边会议，等等，女性在各种地方都能喋喋不休地交谈。与之相对，男人们在一起的时候，在同一场景下几乎很少看见男人们交谈的情形，这两种现象也说明了一切。

也就是说，男性和女性相比，是不擅长交谈的。

单向的倾诉

如果交谈是男人的弱项，那么男人的强项又是什么呢？倾诉！

平声静气地或者是没完没了地倾诉。倾诉的内容因人而异、各有不同。男人不管怎样都喜欢倾诉。尽管几乎所有的丈夫都缺乏认真倾听自己诉说的对象，但他们还是难以克制倾诉的欲望。

倾诉公司里自己不喜欢的上司的事情或者不听话的部下的情况；倾诉自己拼命努力工作却得不到承认的那种怀才不遇；从和自己关系不好的亲戚、兄妹、夫妻的事情，到把自己当作傻瓜的年轻女性的事情，等等，只要涉及这些话题，男人可以滔滔不绝地一直倾诉下去。

但是，因为这并不是一种交谈，所以如果中途妻子问什么问题，或提出什么反对意见的话，丈夫就会变得不高兴，话题也会因此中断。因为男人想要的不是交谈，而是妻子不时地点头附和说“太过分了，简直不可原谅”，只要顺着丈夫的话说就可以了。

男人们在居酒屋一边喝酒，一边做着同样的事情，就是想要倾诉。实际上在这种地方，那些一起饮酒的狐朋狗友，并没有进行什么真正意义上的会话。

每个人都把各自想要说的事情倾诉出来，然后旁边的人“对、对、对”地附和着把气氛推向高潮，其实谁也没在听对方的讲话，只不过是在那里“何以解忧，唯有杜康”而已。

这种单方面的倾诉，特别出彩的还是在俱乐部或酒吧里。在那些地方，陪酒小姐不会提出反对意见，只是随声附和而已，男人们可以随心所欲地诉说自己想说的事情。而那些陪酒小姐也不是真的认真在听，在客人们滔滔不绝地诉说的时候，小姐们只是装出一副可爱的样子不停点头而已。

所以，对于只想倾诉的丈夫们来说，没有比陪酒小姐更好的倾诉对象了。他们就是因为需要这样的听众，才会付上高额的酒钱去酒吧或者俱乐部喝酒。

但是扮演听众也不容易。陪酒小姐就不用说了，在公司里很多新参加工作的年轻人，被老同事要求充当听众的事情也时有发生，这种时候就需要有相当大的忍耐精神。

男人年龄越大，或者自感怀才不遇的程度越高，倾诉的时间就越长，而且变得非常固执，所以做听众的也会越累，需要消耗不少能量。

掌握了倾听要领的公司部下在做听众的时候，只是适当地点点头而已，一半以上的内容都没有听进去，在这一点上部下跟陪酒小姐没什么两样。

棒球的投接球和铅球的投球

男人就是如此喜欢倾诉，特别是在家中，丈夫最喜欢向妻子和孩子讲述自己小的时候如何艰苦，自己那一代人是怎样从贫穷时代挣扎过来的，然后就是自己怎样奋发图强走到今天这一步的，等等。

与之相对，妻子就不用说了，孩子们也都不愿意做父亲的听众，大家变得不再认真听丈夫或父亲讲话，丈夫们因此变得烦躁、伤心，最后开始发牢骚：

“在我家里，谁也不听我讲的话。”

但是妻子一方又说：

“那个人（丈夫）根本不和我交谈。”

的确，交谈和倾诉从根本上来说是两码事。如果把交谈比作一种棒球的投接球运动，那么倾诉则像投铅球和掷标枪一样是单方面的，只要远远地投掷出去就可以了。这两种运动简单地放在一起，自然不可能合拍。

因此，想要进行棒球的投接球运动时，就得让丈夫们先从单方面的投球运动做起，时不时地加上一句“投得好远呀”“真了不起呀”等，来附和对方。这样一来，等丈夫倾诉累了的时候，再漫不经心地扯出自己要说的话题，丈夫也会“哦”“对”地应答，进而逐渐形成交谈。

重新申明一下，男人首先是要倾诉，交谈是放在倾诉后面的，而且更令妻子们头疼的是，在丈夫们的主观意识里，倾诉是高级的，交谈则是低级的。因此妻子们在了解了丈夫们这方面的特性之后，如何活学活用地驯服丈夫才是最重要的。

·第十二章·

最忌讳妻子说的一句话

如果十分厌恶丈夫，想要解除夫妻关系的话，运用这些伤人的语言却非常行之有效，对丈夫来讲可以说百发百中。

对于丈夫来说，在妻子所说的话当中，最在乎的就是妻子指责自己的话语。

当然，在这方面妻子也是同样，妻子如果受到丈夫的指责，自然也会变得垂头丧气。

指责的形式多种多样，从稍微批评一下、点到为止，到唠唠叨叨、一直发牢骚，甚至言辞尖锐地批评对方的缺点，越说越激昂……被指责的对象根据问题和性格的不同，在接受指责时的反应也千差万别。

关于这方面的各种事例暂且不说，这里首先考虑一下在妻子对丈夫的非难和指责当中，丈夫最在乎的话语是些什么？

有理由的指责

首先要明确的是，并非妻子对丈夫的不满和批评越是严厉或滔滔不绝，丈夫们心里就越会在乎。反过来说，妻子即使通过语言发泄了各种各样的不满，如果有一定的道理，丈夫在一定程度上也会接受妻子的指责，并进行反省。

比如说因丈夫的浪费，家庭财政因此变得紧张起来的时候。若这笔钱是花在赌博上或者喝酒上的话，过错明显在丈夫一方。

这种时候，不管妻子怎样严厉地对丈夫进行指责，或者一直滔滔不绝地发牢骚，丈夫除了默默聆听之外别无他法。当然有时候可能也会吼上一两句“吵死了”“可以了吧”，因为丈夫也明白是自己的过错，所以这些不过是一瞬间的反抗而已。

金钱上的过失林林总总，数额较大、情节严重的有股票和房地产的投资失利，再有就是生意上的失败，等等。

如果发生了这样的事情，妻子对丈夫指责不停的话，丈夫也只能默默地听着，自尊心不会受到明显的伤害。

另外，虽然内容完全不同，但是丈夫在一定程度上也会老老实实地听任妻子指责，那就是妻子对丈夫外遇的指责。

这种时候丈夫的过错也是显而易见的，所以不管妻子如何严厉指责丈夫，丈夫除了老老实实低头赔罪、聆听教诲以外别无他法。哪怕实际上丈夫也许并没有认真在听，但也不会当面反驳妻子。

也许在被妻子训斥的时候，丈夫们有时还会在一边若无其事地心里暗想，我受女性欢迎总比不受女性欢迎好吧。有的还自言自语地嘟囔说，拈花惹草是男人的本事。甚至有些丈夫还会因此沾沾自喜，认为妻子之所以这样指责自己，没准儿正是因为妻子深爱着自己呢。

总之，只要妻子的批评有其正当的理由，就不会伤害到丈夫的自尊心。他们一般都是一直点头称是、默默地聆听妻子的指责。

有感而发的话语

和妻子这种对男人进行的正面指责相比，妻子不经意地忽然冒出的一两句话，对丈夫的伤害有时却出人意料地大。

比如说妻子正想买一件首饰的时候，丈夫说："这么贵的东西，别买了吧？"妻子突然嘟囔一句："小气鬼。"

在这种场合，丈夫是否小气，妻子是否浪费，是非曲直另当别论，但是有一点可以明确的是，妻子这种非故意的、忽然冒出来的有感而发的一句话，最容易使丈夫受到伤害。

男人不管自己多么贫穷，也会打肿脸充胖子把好的一面展现给女性，所以非常讨厌女性说自己小气。这就是男人。

而有一定收入的一般白领，更是希望留给妻子和孩子一个良好的印象，被妻子指责为"小气"或者"精打细算的人"，那么做丈夫的面子就半点儿都没了。

当然，在妻子买东西的时候，丈夫从旁边插嘴也许也是个问题，但是在这件事情的背后，也表示出丈夫的一种想法，就是"至今为止我在自己的午餐费上、交际费上能省就省、努力节约"这句潜台词。而且还有一点，就是和女人相比，男人本来就更希望能够腰缠万贯、挥金如土，做人做得十分潇洒豪放。对于这样的丈夫，"小气"这个词非常明显地伤害了丈夫的自尊心。

与之类似的词语,还有“太软弱了”或者“不像个男人”这类说辞。丈夫们大都认为男人应该比女人威武强大，男人应该是一种可以依靠的存在，这些词显而易见地伤害到了这些丈夫们的自尊心，否定了对方作为男人的存在价值,每当丈夫们遭到这类词语指责的时候,就会感到自己本身的存在价值被彻底否定，心情变得非常沉重。

尤其是这些言语，与其说是从人生哲理出发，不如说是从妻子的感性出发，不假思索、脱口而出的东西，会产生一种非常奇妙的现实感，这样更会深深地伤害到丈夫们的内心。

还有妻子在批评丈夫的话语中,经常会加进一些比喻性的词语,其中丈夫们最反感的一句，就是“像你父亲一样”。这句话多数是用在批评孩子（特别是男孩）的时候，当然如果用在好的方面，比如说对成绩好的孩子或者相貌英俊的孩子赞扬说：“不愧是你爸爸的儿子。”听到这话，丈夫们一定会大喜过望。

但是,如果是对学习成绩不好或是容貌丑陋的孩子指责说:“真是你爸爸的儿子，没办法。”听到这样的话，丈夫们就会觉得非常不愉快，因此受到伤害。

总之，因儿子不够聪明、没有精神、女里女气等而殃及池鱼的话，做丈夫的很容易受到伤害；但是因儿子的长相或者教养而受到妻子旁敲侧击的话，对丈夫却不会造成多大伤害。因为长相对男人来说本来就不那么重要，而教养问题，又是丈夫和妻子两个人的共同工作。

不管怎么说，“真是你爸爸的儿子”这种说法，涉及遗传基因的问题，因此绝不应该说出口来，这种说法让丈夫感到自己本身的存在受到了否定，当然会因此受到极大的伤害。

另外，妻子们还有一个成问题的做法，就是喜欢把自己的丈夫与他人的丈夫进行比较，并加以褒贬。

比如说，妻子因为丈夫升迁较慢，便充满怨气地说：“隔壁那家的丈夫，人家已经是部长了。”这对于非常在乎地位、权力的丈夫来说，是一个女性无法想象的致命的打击。

当然，邋里邋遢、家里的事一律不管、在家总是睡觉，等等。在这些事上被妻子拿来和其他的丈夫进行比较而被责备的话，丈夫们虽然也会不愉快，但相比在地位和收入上被妻子指责，还是能忍受的。

正如“这山望着那山高”这句谚语一样，单看这句话的表面意思，妻子们就可以领悟到世事皆如此，所以应该极力避免用“比较法”伤害自己的丈夫。

还有，被妻子指责“审美能力很差”，或者在试穿新衣服的时候，听到“也没有多大的变化”这种评语，丈夫们也不会如女性们想象的那样，受到什么伤害。

举以上这些例子虽然有些啰唆，但是从中可以看出，外观和长相对男人来说，并没有那么重要，比如被妻子指出“你老了”，丈夫不过反驳一下“都是为你们操劳而老的”而已。

同样“你太胖了”，或者在摆弄电脑、音响等设备时，被妻子说成“机械弱智”，丈夫们都不会怎么在乎。

至少这些言语不会从根本上关系到男人自尊心，因此不是什么重要的问题。

与性有关的话语

另外还有一种场合的语言，妻子更要注意，就是那种极为私人的，只在两人世界中使用的、隐私性极强的语言。

在那种封闭性极强的隐私空间，由于一句话也听不漏，就更容易明显地伤害到丈夫们。

比如说，丈夫向妻子求欢时，妻子婉言谢绝说：“对不起，今天……”假如用这样的方法委婉地拒绝丈夫，当然不会有什么问题，但是如果妻子非常不耐烦大喝一声：“住手。”或者是用一种十分轻蔑的语调回绝丈夫：“你脑子里除了这个没有别的了？”还有就是对丈夫的邀请不理不睬。妻子在这种事上越是冷淡，丈夫就越容易受到伤害。

但是，最能对丈夫造成伤害的，还是妻子在做爱中表现出来的态度和使用的言语。

比方说：“这么快就完了？”这时，几乎所有的丈夫都明白自己的床上表现不到家，没能使对方得到满足，这时候妻子再痛打落水狗的话，丈夫内心就会越发受到伤害，甚至有可能造成阳痿。

相反，如果妻子能说：“下次再来爱我。”丈夫因此便能够获得极大的解救，但是可能很少有妻子能够有这份大度与体贴，说出这样鼓励的话语。

还有另外一个问题，就是妻子在做爱的过程中提出各种各样的要求。比如说“这样做”“那样做”，对做爱时的体位或丈夫的动作提出要求，或者是用“加油”这种词语鼓励丈夫。

妻子们也许认为这些话对丈夫有益才会去说，实际上却会对丈夫造成相当大的伤害。

如果夫妻两人在性关系上相当开放大方，彼此之间可以进行语言上的沟通的话，当然没有问题；如果不是这样，丈夫一方会陷入思考之中，不少丈夫会因此出现阳痿的情况。

还有，在这里最应该避免的就是对丈夫的性器进行“小”或“弱”的评论。男人对自己的生殖器有着超乎女性想象的关心，即使做错任何事，也不能贬低男人的性器，或是摆出一种看不起的态度。

正如人们常说的，男性性器相当于男人本身，而且是男性的一种象征，所以贬低男人的性器，可以说是否定了丈夫作为一个男人的根本，这对丈夫来说的确是一种致命的打击。

老后的问题

最后谈一下在经历了一定的岁月之后，妻子围绕老后、死后等问题和丈夫进行谈话时，容易出现问题的一些词语。

首先，是谈论人寿保险时，妻子谈及“你（孩子父亲）死以后，我们需要这些钱”这种假定丈夫死亡的台词。岂止是丈夫，对任何人来说，被别人说起自己死后的种种事情，谁也不会高兴的。

丈夫比妻子年长许多，丈夫先死虽说不可避免，但是这种事情绝不应该挂在嘴边。实际上丈夫只要知道自己被上了很高的人寿保险的话，都会感到非常不愉快。

其次，就是有关墓地的话题。妻子谈及自己死后的事情，说“我不想埋进你家的墓地”这样的话语。

大体上说，妻子对丈夫的父母家，或者对丈夫的整个家族使用贬义词时，丈夫都会受到很大伤害。如果妻子一口咬定死后不进夫家墓地的话，那么等于把丈夫一家全否定了。

当然，现代的婚姻制度的确是以男性为中心的，妻子应该从属夫家这种想法确实过于传统。从这种意义上来看，不想埋入夫家墓地这种心情也可以理解，虽说如此，可是明确地用语言表示出来却是另一回事了。如果妻子是这样想的，则可以把这种想法藏在心里，丈夫死后按照妻子自己的意愿来办也就是了，如果只是讨厌夫家的墓地，想和丈夫两个人葬在一起的话，对丈夫说“我想造一个只有我们两个人的墓地”也就行了。

总之，关于丈夫死后的话题应该尽量避免，假如听到别人谈论自己死后的事情，自己也一样不会愉快的。

有一位先生，姑且称之为 K。K 自己的房间在二层，有一天夜里他下楼准备到客厅去，忽然听见妻子和孩子在客厅里进行着一场非常少见而又认真的谈话。K 不禁偷听起来，原来是关于自己死后的话题。妻子说："你爸死后，把这所房子卖了，我想搬到公寓去住。"但是孩子却在反对母亲的意见。

听完妻子和孩子的对话，就感到自己在家中好像是个外人似的孤独，最后连去客厅的勇气也没了，就又回到了自己的房间。

以上讨论了形形色色的容易伤害丈夫的话语，夫妻之间如果想要保持良好关系的话，绝对不能使用这样的语言，这是讨论这个问题的目的所在。

但是，如果十分厌恶丈夫，想要解除夫妻关系的话，运用这些伤人的语言却非常行之有效，对丈夫来讲可以说百发百中。如果接连使用这些伤人的话语，就是耐性再好的丈夫，也会受不了而提出离婚。

总之，有些词语可以说是一种毒药，正因为语言如此可怕，所以即使是夫妻关系，同样也要慎重考虑语言带给对方的影响。

·第十三章·

男人的 ED

这种良性的距离感、非日常生活性及其紧张感等，对于家庭内ED症来说，是一种非常有用的特效药。

“ED”这个词，对女性来说可能不太熟悉，其全称是 Erectile Dys function，ED 是其略称。意思就是男性生殖器官的勃起障碍，定义为“男性生殖器官的勃起及勃起持续状态，处于一种不能进行令人满足的性生活的状态”。也就是说要做爱的时候，男性性器处于不能勃起的状态。

有些读者读到这里，可能会觉得 ED 这种说法有些故弄玄虚，ED 和阳痿不是一样的吗？

的确如此，ED 和阳痿（性无能）是同一个意思，但是最近 ED 这个词常常进入人们的视线，是因为现在这个世界，已经进入了一个充满同情心的时代。阳痿和性无能过于直接地表现了事实，给人一种太过直白的感觉，成为一种不受欢迎的用语，所以近来这些词已经不常用了。

但是阳痿这个词浅显易懂，完整、真实地表现了男人那种实际状态，所以把阳痿改称 ED，当事人的烦恼却并不会因此而减轻。

ED 的原因和实际状况

精神上的压力可以说是造成 ED 的最大原因。

比如说工作很忙，精神上得不到放松，担负着重要的工作，所有的心思都放在了工作上，所以打不起精神做爱。还有和上司、同事之间的人际关系处理得不好，在精神上一直感到烦躁和压力；或者是有一种自己一个人落后于他人的焦虑孤独感；再有就是面临着退休、裁员，对将来的生活感到一种无法忍受的不安，等等，以上这些可以说都是形成 ED 的原因。

把这些原因归结为一，就是心理上的原因，此外还有由于身体各个部位的器官发生异常，或是由于某种病理原因造成的 ED，称为器质性病变原因。

由器质性病变造成的 ED，几乎都是由生活习惯病发展而来，也就是说由成人病产生的。比如说糖尿病、高血压、心脏病、高血脂、脑血栓，等等。这些病几乎都会导致动脉硬化，血液不能充分地流到阴茎的血管里去，因此容易造成 ED。特别是糖尿病和脑血栓，本身就有可能造成阴茎神经障碍，使之不能勃起。

另外，抽烟过多、饮酒过量、睡眠习惯不规律或者是失眠等，都是形成 ED 的原因，再有就是治疗高血压用的一部分降压药，还有治疗胃溃疡、忧郁症等病的一部分药中，也含有造成 ED 的药物成分。

除此之外，还有包括前列腺、膀胱、直肠等在骨盆内进行的内脏手术，或者是骨髓损伤等原因，造成控制勃起的神经失去了作用或者受到损伤，从而造成 ED。

由于以上各种原因造成的 ED，在日本男性中占有多大比例呢?

关于这一方面的情况，几年前有一个调查。（见图 11）

在 40 岁到 45 岁的男性中，ED 的比例为 16%，在 46 岁到 50 岁之间的男性中，比例为 20%，在 51 岁到 55 岁的男性中，比例为 36%，在 56 岁到 60 岁的男性中，比例为 47%，在 61 岁到 65 岁的男性中，比例为 57%，最后从 66 岁到 70 岁的男性中，比例为 70%，也就是说男性中的 ED 比例，随着年龄的增长，比例也不断增加。

另外还有一个调查，据说在 30 岁以上的男性当中，每三个人当中就有一个人患有 ED，照这样推算的话，实际上日本有一千万以上的男性，在饱受 ED 的煎熬。

ED 与女性的关系

以上分析了 ED 形成的原因和实际状态，但这些都只是一般性的常识。可以明确地指出，仅靠这些内容是不能说明所有 ED 问题的，还有更为重要的原因，隐藏在这些表象的深处。

谈谈我个人的看法，这些看法在学术上并没有得到过明确的论证，但借此可以透过 ED 的表象，窥见其中包含着的一些非常重要的问题。

图 11　日本各年龄段男性 ED 患病率

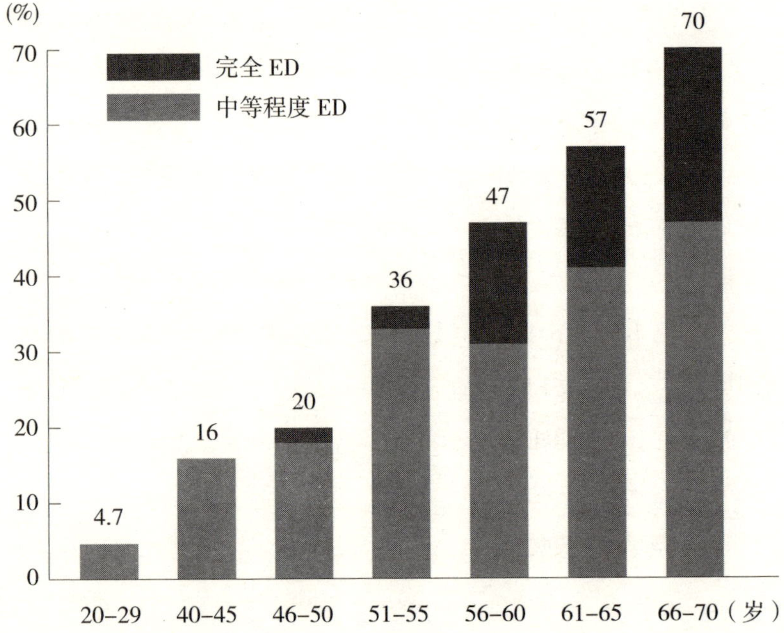

（据以 1998 年 1 月—2 月的调查而形成的第 8 届国际阳痿学会及日本男性生殖器病学学会的报告）

首先就是心理上的因素。前面提到了工作压力和人际关系等各种原因，但这只是一些表面上的东西，实际上还有一个原因和这些原因有着同等的重要性，甚至更为重要，它就隐藏于男性与女性的关系之中。

特别是年轻的男性患有 ED 这种情况，其原因与女性有很大关系。比如说，在很长的一段时间里得不到女性的喜爱，到 30 岁为止都没有机会和女性发生关系；或者即使不到这种程度，但是由于某种原因或契机，一直对女性抱有一种自卑心；还有就是明明性经验很少，又偏要装作一副花花公子的样子；再有就是假装硬汉，过于强调女人无聊，等等。这些男人和女性发生关系的经验很少，又没有自信，同时为了掩盖真相又要装模作样、故作姿态，这两种因素加在一起而形成 ED 的情况极多。

还有，虽说同样是心理原因，但不少原因是直接性的，也就是在与女性发生关系过程中产生的。

比如初尝禁果时期，被女性批评做爱技巧不高、使女性得不到满足，等等。还有就是被女性指出男性性器过小或过弱，即使没有用语言直接道破，也是用类似的方法表达了出来。男人因此会在精神上产生一种“一朝被蛇咬，十年怕井绳”的心理，不少男人因此而变成 ED。

所以很多男人认为在性行为本身这个过程当中，自己的性能力在接受女性的检验；同样，有些女性也会觉得在做爱的过程中，自己的魅力在接受男人的检验。

如此这般，做爱就不再单单是一种快乐的、美好的享受，同时也可以说是男女之间相互检验对方魅力的一种活动和方式。

根据以上种种事实，可以归纳一下容易患上 ED 的男人类型：内向、在男女关系方面晚熟，直到结婚为止几乎没怎么接触过女性，第一次的性经验即使有，也是从色情场所获得的，以后又按照父母之命通过相亲结婚。

ED 与妻子的关系

检查是否患上 ED，有一个常用的方法，内容如下。

一、对总能勃起及勃起的持续状态有没有自信；

二、勃起的时候，有没有足够的硬度插入；

三、到性交或性行为完成为止，是否总能维持勃起状态；

四、对于勃起以后维持勃起的能力，是否感到满意。

对以上各个项目的回答中，如果有一个“NO”，那么应该找医生咨询一下为好，如果有两个以上的“NO”，那就有可能患上 ED 了。

以上的确是判断是否患上 ED 的一个指针性的东西，但即使答案中出现了一个“NO”，马上判断患上 ED，还有些为时过早。因为做爱是相对的，如果做爱对象没有女性魅力，或者几乎没有什么性反应，也就是处于那种“金枪鱼状态”(金枪鱼状态：指男上女下那种最为一般的性爱方式。——译者注)，那么，男人的性器萎缩下去也是当然的了。

也就是说，做爱的兴奋程度根据对象不同而不同，即使是相同的对象，因时间、场合不同，勃起程度及持续时间也有很大的不同。

比如，对一个40多岁的男人进行测试，当做爱对象是妻子的时候，或许从一到四全都是“NO”；如果做爱对象是妻子以外的女性，也就是情人的话，也可能从一到四全部变成了“YES”。

在这里，斥责有外遇的男人可恶是非常肤浅的，凡事总有其背景和理由。

首先，男人的性欲（性冲动）最为高涨的时候，最为理想的状态是看到自己喜爱的女性，像美丽的蝴蝶一样翩翩起舞，使人萌生想要占有的欲望，这时男人的头脑和局部都会因为那个女性热烈地燃烧起来。

所以，当终于能够占有通过恋爱结婚走到一起的妻子的时候，男人处于一种最为火热、坚硬、燃烧的状态，对妻子的欲求也充满了激情。

然而随着结婚安定下来，曾经美丽的蝴蝶在家中同吃同住，现在不要说真的翩翩起舞，连假装也不愿意了。要求丈夫对这样的妻子产生性冲动，可谓是难之又难。

这里并没有为有外遇的男人辩护的意思，但是对于难以接近的女性，一旦得以接近，男人的性冲动的确最为强烈。这里不是说丈夫可以有外遇，但是要求男人对于总在身边的妻子充满激情的燃烧，这种要求的确有点强人所难。

换一种说法就是，结婚这种安定的环境和男人的性冲动很难两全。

当然男人当中也存在着只爱自己的妻子，不管到了多大年龄，也只向自己妻子求欢的诚实丈夫。但是在这种类型的丈夫中，其实常常包括一些没有勇气追求其他女性或是没有自信的男人。而大多数的丈夫在结婚后随着岁月的流逝，和妻子之间的性生活慢慢地变得疏远，而在妻子这一方面，可能对这种一成不变的老一套，也会产生不做也无所谓的想法。

这种状态与其说是丈夫患上 ED，不如用夫妻之间没有性生活这种说法比较合理。这种情形以前曾被戏称为“家庭内糖尿病”，现在也可以称之为“家庭内 ED 症”。的确，在所谓的 ED 症当中，实际上混杂着相当一部分的家庭内 ED 症。

从 30 多岁，到 40 多岁、50 多岁，男性患有 ED 的人数不断增加，当然有体力、精力走向衰退的原因。但是与此同时，也与结婚之后生活过于安定，丈夫们安于与妻子之间缺乏紧张感的关系，惰性不断增强有关。

现在最成问题的就是这种家庭内 ED 症，而且更糟糕的是，这些丈夫们以高血压、轻度糖尿病或心脏病等为借口，自甘于 ED 症，处于一种消极怠工的状态。

有一点可以明确的是，男性的性愿望从四十多岁到五十多岁几乎不会衰退。相反还会随着年龄的增长变得更为好色，不少男人的性能力甚至比年轻的时候更为强劲。

总之，男性的性器是男性的自信心和攻击力的象征，如果破坏了这种自信，或者失去了对象，男性的性器就会做出最直率的反应，陷入 ED 状态，从而使女性感到失望。

家庭内 ED 的对策

究竟应该怎样应对这种家庭内的 ED 呢？首先，男人应该找回男子汉的尊严。应该从重新恢复夫妻之间的情欲这一点出发，就是要改变夫妻之间那种长相厮守、距离过近的状态。就是说，有时夫妻应该分开来住，最理想的是过一种轻松的分居生活，但是拥有另一处住房在经济上也许比较困难。那么丈夫如果有短期出差等机会，妻子可以去看望丈夫，或者丈夫出差回来时趁机向丈夫撒娇，夫妻之间的情欲之火可能会因此重新点燃。

还有，平淡的日常生活容易产生 ED，夫妻有时可以刻意寻求一下非日常生活空间，比如花费一些金钱去情人旅馆或城市饭店等，改变一下做爱的环境。

许多丈夫可能会说，都这把年纪了还去那种地方做什么，但是妻子们却对情人旅馆有一种好奇和向往。当妻子提出想去情人旅馆时，做丈夫的会感到一种刺激，同时心中又有一些隐约的不安。

不仅仅是做一个贞淑的妻子，有时也要给丈夫一种危机感，就是若对妻子闲置不理的话，妻子也许会移情其他男性，这种危机感可以重新振奋丈夫的斗志。

这种良性的距离感、非日常生活性及其紧张感等，对于家庭内ED症来说，是一种非常有用的特效药。

还有一点就是如果感到身边的丈夫失去了自信，那么妻子应该鼓励丈夫，甚至用戴高帽的方式表扬丈夫。

比如说丈夫的局部硬度不够，不能达到使人满足的程度，妻子可以温柔地说“我特别喜欢这种可爱的形状”，而绝不把不满和轻蔑的表情表现出来。

如果问现在的女性“你喜欢什么样的男性”，女性多会回答“我喜欢温柔体贴的男性”。

大家都明白温柔体贴一词中包含着很多的含义，但是实际上女性追求的理想男性和现实中的男性之间存在着很大的距离。

男人不仅要温柔体贴，还要威武雄壮。但是要想找回男子汉气概，脱离了男人可以在一定程度上发挥自己具有紧张感、攻击性的男性本能的社会环境，是很难做到的。

换一种说法，男性ED的增加，是日本社会趋于和平及女性化的一种表现。

·第十四章·

跨不出离婚这一步的丈夫们

只有一种情况丈夫会坚决果断地离婚，那就是有后继者，也就是说有接替妻子的女性存在。

离婚的实际情况

据说现在日本每隔 1 分 50 秒就有一对夫妻离婚。

而且离婚数字年年增长，1990 年约有 16 万对夫妻离婚，1996 年离婚数字突破了 20 万对夫妻，2001 年共有 28 万对夫妻离婚（见图 12）。

再从不同的地域来看一下离婚的情况，离婚率最高的是大阪 (2.87%)，接着为冲绳 (2.84%)、北海道 (2.77%)，然后为福冈、和歌山、宫崎、青森等。离婚率较低的地方以岛根为首 (1.64%)，其次是新泻、富山、山形等地（见图 13）。

仅仅通过这些数字就可以看到，在不太在意周围人看法的城市，即女性较强或者说女性拥有经济能力的地区离婚人数较多，家庭意

图 12　离婚数量及离婚率表

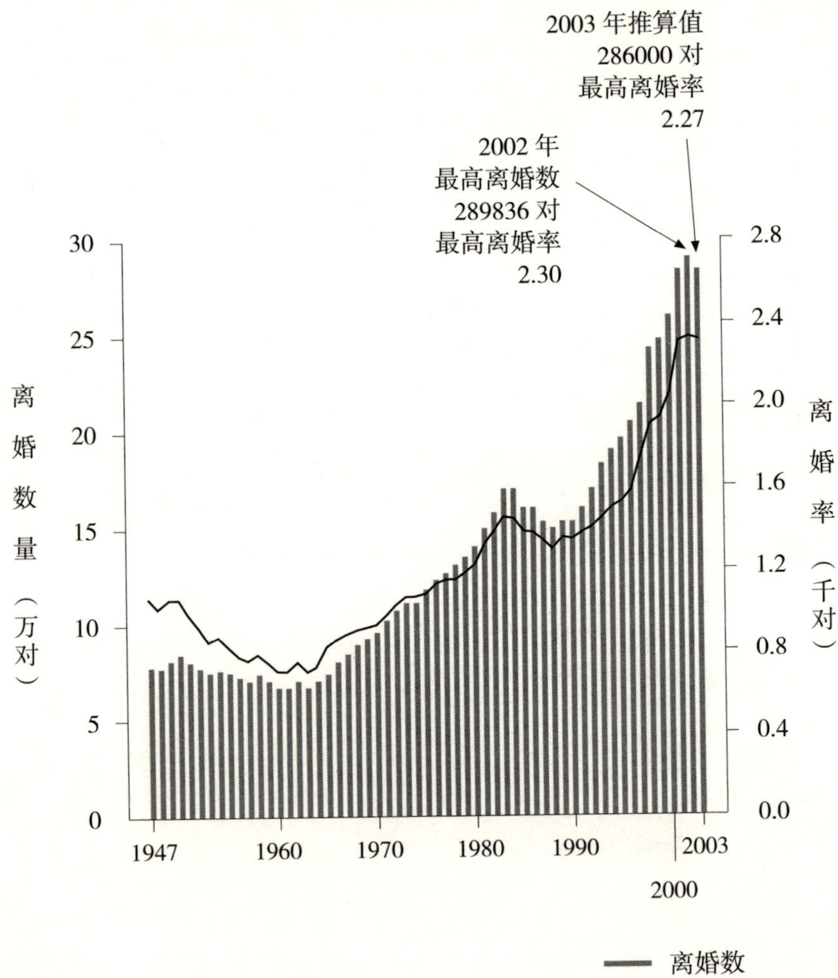

（据日本厚生劳动省 2003 年《人口动态统计年度推算》）

图 13 各地离婚率

（单位：千对）

	离婚率高的地区			离婚率低的地区	
1	大　阪	2.87	1	岛　根	1.64
2	冲　绳	2.84	2	新　潟	1.65
3	北海道	2.77	3	富　山	1.65
4	福　冈	2.64	4	山　形	1.78
5	和歌山	2.54	5	副　井	1.79
6	宫　崎	2.53	6	长　野	1.86
7	青　森	2.48	7	岩　手	1.87
8	高　知	2.46	8	石　川	1.88
9	东　京	2.40	9	秋　田	1.89
10	福奈川	2.36	10	岐　阜	1.93

（据日本厚生劳动省 2002 年《人口动态调查》之《各地离婚率》）

图 14 从开始结婚生活至停止同居的时间看不同年龄层的离婚率

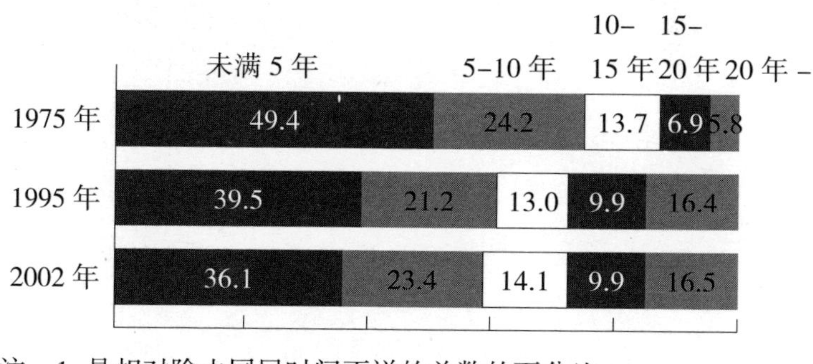

注：1. 是相对除去同居时间不详的总数的百分比。

2. 由自 1975 年改变了平均同居时间的计算方法后重新计算。

（据日本厚生劳动省 2002 年《人口动态调查》之《从开始结婚生活至停止同居的时间看不同年龄层的离婚率及平均同居时间》）

图 15　不同年龄层的离婚比例

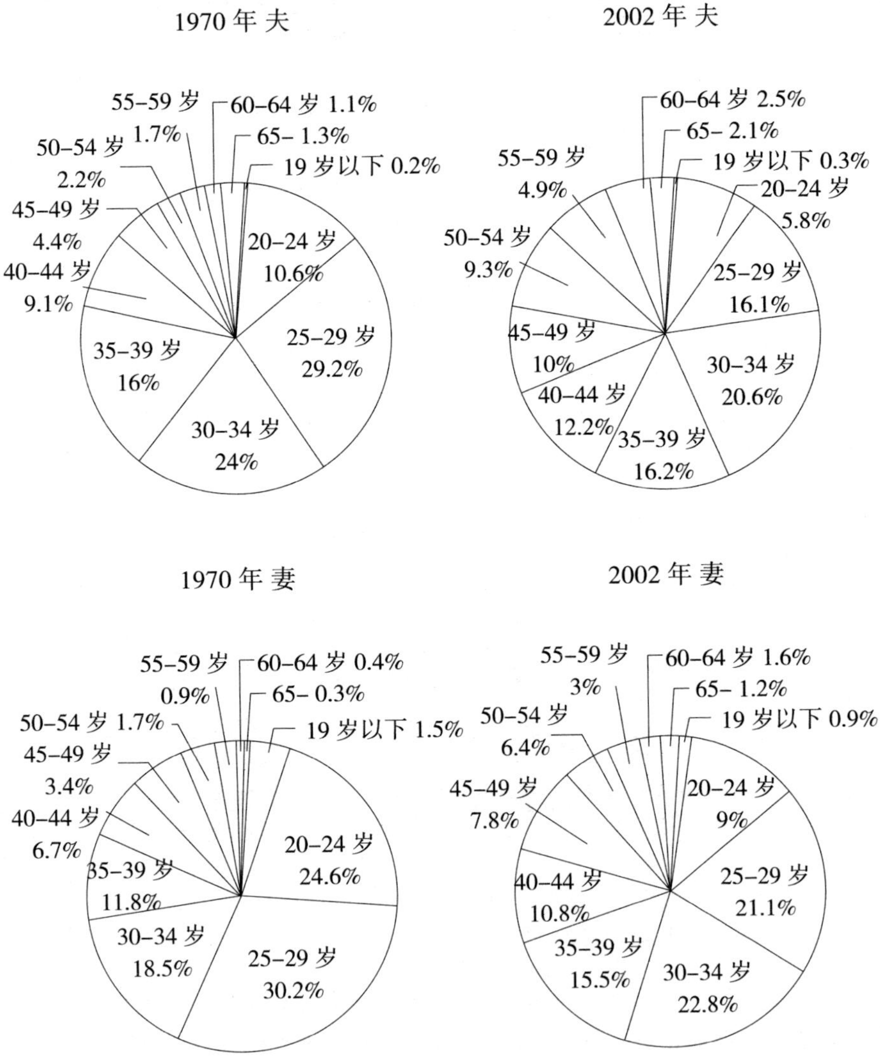

识很强的地方离婚人数较少。

下面再看一下不同年龄夫妻的离婚情况。2002 年，女性从 30 岁到 34 岁之间离婚的约占全体离婚人数的 23%，同年龄层男性离婚的约占离婚人数的 21%，这是离婚率最高的年龄层，以后离婚人数逐渐减少，超过 60 岁以后，女性的离婚率只有 2%，而男性只有 3%。离婚需要花费很大的精力，30 岁以后随着孩子的出生，离婚就变得困难起来（见图 14、图 15）。

还有就是从绝对值来看，婚龄超过 20 年以上的离婚人数从 1975 年的近七千对夫妻逐年递增，到 1995 年已经超过了 3 万对夫妻，现在则已超过了 4 万对夫妻，并仍呈上升趋势。

下面分析一下离婚的理由（见图 16），其中占绝大多数的是“性格不合”。2000 年以此为理由离婚的男性有六成以上，而妻子以此为理由离婚的也占到将近五成。

其次的离婚理由中，妻子一方提出较多的理由依次为“使用暴力”“异性关系”“不支付生活费”“精神虐待”“浪费”“放弃家庭责任而不反省”“对家人关系处理不好”，等等。

与之相对，丈夫一方提出离婚的理由依次为“异性关系”“对家人关系处理不好”“性格异常”“浪费”“精神虐待”“性方面不满”，等等。

在所有离婚理由当中，最为常见的就是性格不合，但是大家都知道性格不合当中也包括了各种各样的问题，如妻子的异性关系、来自妻子的精神虐待、妻子性格异常，等等。这些理由既出人意料

图 16　离婚理由及比例

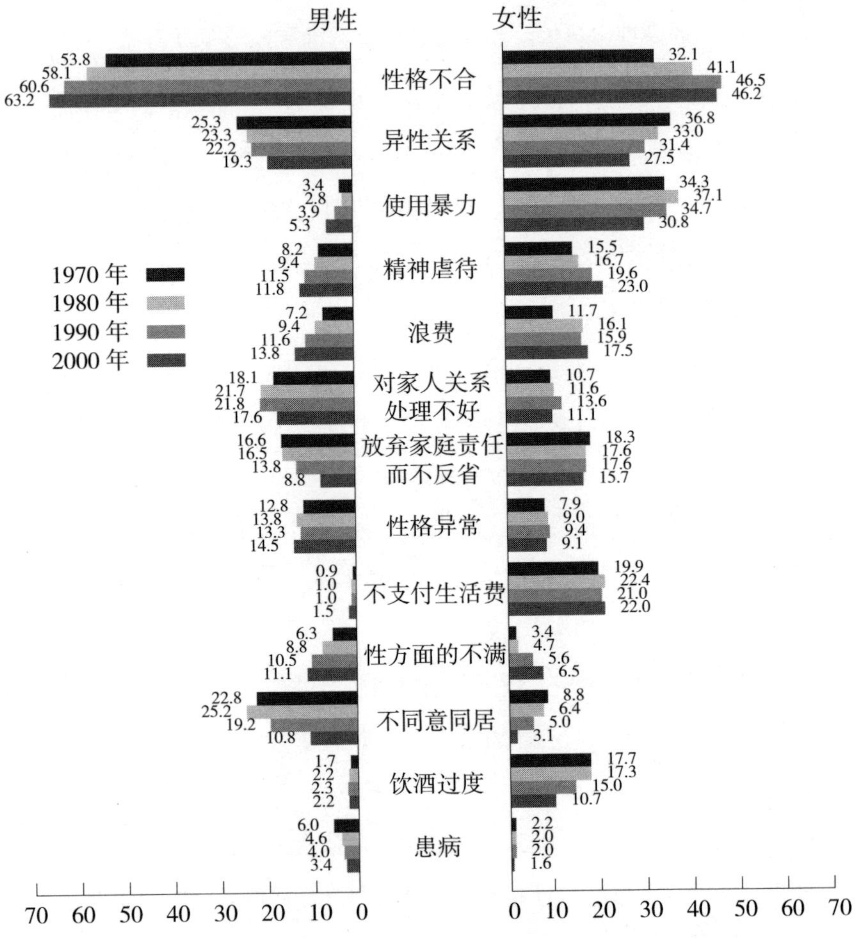

注：1. 根据日本最高检察院事务总局《司法统计年报》。

2. 该数据是离婚申请人申请离婚时列举的主要理由在申请离婚理由总数中所占比例（复数回答）。

（据日本厚生劳动省 2001 年《国民生活白皮书》）

又耐人寻味。

这些离婚理由在过去男尊女卑思想占主导地位的时代，可以说闻所未闻，同时这些理由也十分鲜明地反映出了女性日益强大的时代潮流。

特别有意思的是，在丈夫离婚的动机当中，还包括了“使用暴力”“饮酒过度”“不支付生活费”，等等，虽然人数很少，但是透过这种可笑的现象，可以看到一些丈夫没出息的程度。

另外，还有一个引人注目的离婚理由就是对性生活的不满，2000年，丈夫一方因这个理由提出离婚的占11.1%，而妻子一方因此提出离婚的占6.5%，单看这个比例可能相对较少。但是，由于这种理由在向家庭裁判所申请离婚的时候有时很难说出口，所以在所谓的性格不合的离婚理由当中，其实也包括了对性生活不满的理由。

总之，各种离婚理由也是反映时代的一面镜子，而从种种离婚的实际情况来看，离婚已经不再是隔岸观火的事情，因此围绕男女之间在离婚思维方式和应对方法上的不同，有必要进行更深一步的探讨。

离婚上的口是心非

一般来说，做丈夫的在外面常常会发一些有关妻子和家庭的牢骚，发泄各种不满。

男性伙伴之间互相发牢骚时，其中最大的话题就是工作，特别是公司里的人际关系，还有发泄对自己地位、工资的不满，等等。其次就是关于家庭的话题，特别是对妻子、孩子、婆媳关系、亲戚关系和兄弟之间的关系等话题。但向他人倾诉有关家庭的话题时，不大能得到对方的理解，所以很多男人都把这类话题闷在心里，但是对于极为要好的朋友，很多男人也会谈及家庭的话题。其中谈得最多的还是对妻子的不满。

比如说最近我太太根本不照顾我，或者我太太最近对我变得冷淡起来而且比较自私；还有就是指责妻子花起钱来非常浪费、子女的培养不成功、不做家务，等等；接着话题又转到妻子现在上了年纪，年轻时候的影子一点都不见了，穿着也土里土气，只要看到太太的面孔就感到非常沮丧，太胖了很难看，等等，可以说有数不清的牢骚。

其中更有甚者，还会说起现在和妻子之间已经没有性生活，只是一种生活上的同居者，最后说如果可能的话想要分手，等等。

丈夫们对常年一起生活的妻子，积攒了很多的不满，很多丈夫把这种不满当成了日常生活的一部分，时常会向身边的朋友甚至对女性朋友等倾诉这些不满。特别是喝酒时，这种不满更加强烈，有时甚至让周围的人觉得，这个男人最近可能会离婚。

但可以明确地说，这类丈夫真正发展到离婚这一步的其实相当之少。也就是说，“丈夫牢骚发得越多，越不会离婚”，听听丈夫们表面上的牢骚就行了，不能把这种牢骚当真。

而妻子对丈夫怀有不满的时候，同样也会对自己的母亲、姐妹，或者是亲友发牢骚。但是总体来说，妻子不会像丈夫那样轻而易举地发牢骚，更不用说在酒席上了，妻子在这种场合发牢骚的情况几乎没有。

仅从表面上来看，丈夫说妻子坏话的比例很高。这实际上与从“愚妻”这个词产生出来的日本的一种传统习惯有关，认为贬低自己的妻子是一种美德。这种过去的社会风气，至今还残留着一部分。

与之相反，日语里却没有“愚夫”这样的词，妻子们很少像丈夫那样，在外面露骨地贬低自己的伴侣。但正因为妻子对丈夫的不满是埋藏在心底的，而且不断积累，所以存在着突然爆发的可能。

也就是说，丈夫由于经常发泄不满，所以造成火山爆发的可能性很小；但是妻子平时很少发泄自己的不满，一旦火山爆发就意味着一种终结，走到离婚这一步的可能性极高。

不离婚的理由

作为“丈夫牢骚发得越多越不会离婚”的理由之一，首先使人联想到的是，几乎所有的丈夫都走出家庭在外面工作。

虽然最近在外面工作的妻子也越来越多，但是留在家中做专职主妇的人数仍然为数不少。在这种情况下，由于妻子留在家中照顾丈夫，因此做和丈夫有关的事情不得不占据自己绝大部分的时间。

与之相反，丈夫的大部分时间都消耗在家庭之外，和妻子的接触很少，所以不会对妻子的存在有强烈的感觉。

丈夫不离婚的一个很大的理由，就是由于在外面的时间比在家里的时间多，所以虽说对妻子有很多不满，但不分手也能继续生活下去。

其次，还有一个使丈夫难以离婚的理由，就是丈夫们实际上在某种意义上并没有自立。

丈夫在嘴上虽然说“想和妻子分手”等，但是一旦真分了手，从离婚的那一天起，丈夫马上就变得难以生存下去了。

在现实生活中，从打扫房间到做饭、洗衣服，还有其他各种琐碎的事情，全都落到丈夫自己的头上。虽然可以去便利店、超市买回食品，也可以把要洗的衣物送到洗衣店去，房间也可以由自己打扫，但是这些对没有干惯家务的丈夫来说会相当繁重，而且丈夫们这时还会觉得自己非常可怜而且没出息。

和妻子在一起的时候，丈夫们常常幻想如果自己一个人的话，可以多么痛快地享受优哉游哉的人生，但是一旦真的一个人的时候，马上就会觉得寂寞，感觉没着没落的。

苏联在发射第一颗人造卫星的时候，在卫星上放了一只母狗，就是考虑到公狗害怕孤独，担心它被送往黑暗的太空中会发狂，做出什么意想不到的事，所以才换上了母狗，人们认为母狗安全返回地球的可能性大。

男性害怕孤独的特点，也是他们不能毅然决然地跨出离婚这一步的原因。

还有一点非常重要，即男女对异性的洁癖不同。

总体上说，男性是一种暧昧的、差不多就行的动物，所以在一定程度上，即使和讨厌的女性也能一起生活下去。

这种感觉在做爱方面更为明显，男人和多少有些讨厌的女性也能做爱，而且没有爱情也可以发生关系。

与男人相比，女性可以说正好相反，和讨厌的男人做爱就不用提了，即使是住在同一个屋檐下，呼吸同样的空气，女性也很难忍受。最后还要为这个讨厌的人做饭、洗内衣，为这个人打扫房间，这些都会使女性产生一种不快的感觉，所以婚姻生活是肯定无法持续下去的。

也就是说在对异性问题上，女性缺乏妥协性。男女双方在这方面的不同，对于离婚有着很大的影响。

最后，还有一点不能忘记的是男人的保守性。

一般来说，男人富有战斗性，有时甚至相当激烈地大声疾呼革命。但从根本上来说，男人其实是比较保守的。

这种情况从至今为止的那些革命家身上看得最为清楚，他们口头上喊着非常革命的口号，在家中却是那种大男子主义、保守性很强的男人，而且特别在乎自己的面子。所以如果可能的话，即使对妻子有些不满，也希望像现在这样平稳地生活下去。如果可以做到不分手，就尽量不分手。因为丈夫们认为离婚在伤害孩子、家庭等的同时，对自己的事业和社会地位，也是一种伤害。

这种想法，从开始提到的离婚理由之一的“对家人关系处理不好”这一个项，丈夫的人数是妻子的 1.5 倍这个现象中，也多少能够说明这个道理。

很多女性读到这里也许感到非常意外，但是对于丈夫来讲，的确非常看重自己的家庭和家庭与亲戚之间的关系。换言之，丈夫们这种家庭中心主义的保守思想非常严重。

在这点上，女性在养育子女方面，乍看上去好像极具家庭中心主义的保守思想，但是女性一旦讨厌丈夫，就会坚定不移地抛弃一切，离家出走。

从这个意义上说，女性是一种以自我为中心的族群，因此女性的生存方式本身具有一种潜在的革命性。

后继者的有无

从以上各个方面来看，丈夫即使对妻子怀有不满，有时甚至是厌恶，但还是希望能够和妻子继续生活下去。与此相反，妻子一旦对丈夫感到厌恶，做爱就不用说了，生活在一个屋檐下都会觉得难以忍受。她们会毫不犹豫地离婚。

与妻子相反，丈夫虽然对妻子抱有诸多不满，但由于男性对异性有一种模棱两可的态度，因此丈夫们即使做出分手的姿态，但是在现实生活中却不会那么轻易离婚。

当然，离婚有离婚的道理，回顾一下本章开头部分列举的那些统计，就可以了解到离婚本身的确呈一种上升趋势。

每对夫妻离婚的具体情况暂且放在一边，但丈夫与妻子对离婚的感觉上的不同和认识上的差距，的确比双方所意识到的要大得多。

只有一种情况丈夫会坚决果断地离婚，那就是有后继者，也就是说有接替妻子的女性存在。

·第十五章·

丈夫的恋母情结

丈夫的恋母情结是丈夫降生以来形成的一种宗教式的情结，不是一朝一夕能够改变的。

所谓恋母情结，是母亲自卑情结的全称，和恋父情结相对。

自卑情结原本是精神分析用语，也可以称为胁迫观念。讲得再具体一点，就是压抑于表面意识之下，影响人们在现实生活中的想法和行动的一种潜在意识。

和恋父情结相比，男性的恋母情结占绝大多数，即对男孩子来说，母亲的存在比父亲重要得多。

那么，现在有多少丈夫有恋母情结呢？这方面没有准确的统计数字，但是把几乎所有的丈夫都划归于恋母情结一般是不会错的。对丈夫来说，母亲的影响就是这么巨大。

真正有恋母情结的男人年年都有增加，可以确定，现在的丈夫中，有一半是这样的人。而这一半男人当中，有两成的男人恋母情结十分严重，可谓恶性恋母情结，对他们来说母亲比什么都重要，而且总是不离母亲左右。

女性在选择婚姻伴侣时，千万要小心这类男人。岂止是结婚时，在恋爱的时候就应该看清对方的真实面目。

作为异性存在的母亲

对儿子来说，母亲是生育自己、养育自己，并给予自己爱的人，是任何东西也难以替代的存在。

当然对女儿来说也是同样，但是由于母女同为女性，母亲是女儿有朝一日准备超越的对象，所以母女也可以成为对手。

而且对于女儿来说，因为母亲是同性，所以对其优点和缺点都看得非常清楚。女儿心里虽然明白母亲是生育自己、养育自己，并给予自己爱的人，但事实上还是会在某些方面，拿母亲与自己进行比较，从而产生一种竞争的心理。

同样，儿子对父亲有时也会产生这种心理，由于是同性，儿子觉得自己应该在某些方面与父亲竞争并且超过父亲，所以总有一天会把父亲当作一个竞争对手。

我有一个白领朋友，他刚从大学毕业的时候，父亲每年新年收到的贺年卡数量，都比他收到的多得多。但是他父亲退休以后，寄给他父亲的贺年卡开始迅速减少，相反由于他工作已经五六年了，寄给他的贺年卡开始逐渐增多，到了他工作第十年的时候，在贺年卡的数量上他终于占了上风。他说在那一刹那间，他第一次有“赢了父亲”的感觉。

当然，他不是讨厌父亲或者不尊重父亲。而且他也明白，仅仅为贺年卡数量的多少，也用不着这么激动。但他还是因此非常高兴。

女儿看父亲的角度却完全不同。对女儿来说，因为父亲是异性，所以不可能成为直接的竞争对象，相反父亲是女儿什么时候都可以撒娇的对象和可以依靠的存在，所以基本上看不到父亲的缺点和丑陋之处，相反，许多女儿会把父亲加以美化。

因此，从孩子的角度来看父母，因同性和异性的不同，会产生很大的差距。

当然在众多的读者当中，既有对父亲抱有厌恶感的女性，也有讨厌母亲的男性，但这只是一些例外的情况，一般来说，孩子对父母中异性的一方容易撒娇，而对同性的一方则比较淡然，这是一种真实的感情。

无偿的爱

有恋母情结的男人占绝大多数，这从其降生之后的整个成长过程就可以看得非常清楚。

首先，在儿子生下来的瞬间，当母亲得知喜得麟儿时，那种喜悦可以说无与伦比。生女儿当然也会高兴，但是对母亲来说，儿子不仅可爱而且珍贵，那种宠爱的心情可谓无以言表。

我一个朋友的太太给儿子换尿布的时候，一边换一边用脸贴着孩子的小屁股自言自语："有小鸡鸡，看，多可爱的小鸡鸡啊！"这种慈爱的动作正由于是异性才可能做到。

一是自己的孩子，二是异性，这两个条件加起来，做母亲的会全心全意地爱护这个儿子，无微不至地照顾他。

而且母亲对儿子的疼爱，从哺乳时期到少年时期，从青年时期到长大成人，从不间断且源远流长。这种关系也可以称之为有血缘关系的一对情人。

这里有一个极为重要的事实，就是母亲的爱是一种无止境的、无偿的、不要求有任何回报的爱。而在这种深厚博大的母爱中长大的孩子，在这个世界上亲身体会到的首先就是这种不计较任何回报的、无偿的爱。

相反，没有体会过这种母爱，或者说母爱相对较少的男孩子，就总是有一种冷漠的感觉，性格上会有一些阴影。

总之，母亲的爱是无偿的，不管自己做错了什么事情，最后只有母亲会包容原谅自己。这种绝对的感情，对孩子今后的人生会造成很大的影响。

首先，从好的一方面来看，充分享有母爱的人相信他人，而且因自己得到许多爱，所以对对方也会温柔体贴，性格上开朗大方。

但是，由于母亲过于疼爱，或者溺爱孩子，有时这些爱也可能转变成不利因素，有些孩子因此可能养成容易被人怂恿、被人欺骗的性格弱点。而且结婚以后，也就是成为丈夫以后，也有可能变成离不开父母，也就是离不开母亲的男人。

被母亲过分宠爱的男人，结婚后首先碰到的问题就是母爱和夫妻之间的爱完全不同。

大多数的人恋爱、结婚，都有自己一定的打算和想法，母亲给予儿子的那种无偿的爱，妻子并不一定就能给予丈夫，因为妻子的爱情和母爱的性质完全不同。这时有恋母情结的丈夫们大多会感到困惑、不知所措。

这些丈夫觉得因为彼此喜欢才结的婚，为什么妻子的爱和母亲的爱不同呢。其实这种情况，稍微冷静地仔细想一下就会明白，但是丈夫们不知不觉中还是会向妻子索求像母爱一样无偿的爱。丈夫们深信从没有血缘关系的妻子那里，也可以得到和有血缘关系的母亲一样的爱。由此夫妻之间便有可能开始产生裂痕。

因此，在产生这种裂痕之前，丈夫应该对妻子的爱情给予肯定，这种爱情虽说和母爱不同，但丈夫能否得到满足，是丈夫是否能够成为一个有包容力的丈夫，或仅仅是一个有恋母情结的丈夫的关键。

顽固的性情

结婚是互为异性的两个人，在一个狭窄的空间里一起长久地生活下去。然而夫妻双方的出生地、成长环境、教养、价值观等各个方面都不相同，所以夫妻之间当然会产生各种各样的不满和不适感，在感情问题上也免不了会出现问题。

恋爱的时候，男人一心扑在讨好对方上面，在言语、行动上都会尽量地去迎合女性的喜好及兴趣。

但是结婚两三年以后，随着时光的流逝，一直迎合妻子的丈夫，开始逐渐地把自己原来的喜好表现出来。

其中特别明显的就是，把长期以来习以为常且深信不疑的母亲的爱好和兴趣表现出来。这些是丈夫从降生以来，经过长期浸染已经深入骨髓的一种习惯，和恋爱时为了讨好自己喜欢的女性，迎合对方而勉强形成的习惯根本不同。

丈夫从母亲那里继承下来的趣味，从各种各样的感性认识，夸张一点儿说就是审美情趣或是美感，到日常生活中的教养及做事程序；从喜欢的食物到烹饪方法，可以说涉及现实生活中的所有方面。他们不可能轻易摆脱从母亲那里继承下来的东西。甚至很多丈夫随着年龄的增长，心中的天平会重新向母亲一边倾斜。

当然，妻子也在很大程度上继承了自己母亲的趣味与习惯，但是妻子作为女性，在某些地方和母亲又存在着一种对立的、竞争的关系，在这种过程中妻子继承的感性认识就会削弱甚至削减相当的部分。再加上作为一个女人本身，经过怀孕、生产等，身体发生了巨大变化，女性适应环境的能力也比男人强得多。

与此相比，作为男人的丈夫在一生当中，身体上基本不会有太大的变化，嘴边虽然常常挂着革命等词，但也只是一种概念，他们是一种保守的动物，且适应环境变化的能力较女性也差了许多。从这种意义上来看，男人产生恋母情结是自然而然的事情。

那么具体来说，丈夫恋母情结的实际状况又是怎样的呢?

人们常常有一种说法，就是男人喜欢的女性类型，从长相到体形都和自己母亲年轻时相似，但是这种说法并不见得全对。

的确，选择和自己母亲相似的女性结婚的男人并非不存在，但这种情况的前提就是那个男人的母亲一定足够漂亮。不过，这个世界上不是所有的母亲都是美人，相反，不漂亮的母亲占大多数，如果要追求和母亲一样的女性，那么从开始就要放弃选择美人这个条件。

即使母亲不是美人，但是男人还是坚持追求漂亮的女性。岂止如此，母亲越不漂亮，儿子追求漂亮女性的心越切。所以，虽说丈夫有恋母情结，但是并不一定会选择和母亲同一长相、同一体态的女性。

与之相比，丈夫们受母亲影响很深的主要还是思维方式和价值观，还有母亲亲手做的菜肴。我就很喜欢我母亲做的菜肴及其口味，这种爱好到现在也没有什么变化。

当然丈夫们从母亲那里继承下来的教养、教育方法等也深入骨髓，有些丈夫甚至强行要求自己的孩子接受自己继承下来的东西。如果妻子不赞成的话，夫妻之间就会出现一种紧张的气氛，不少夫妻甚至因此吵起架来。

在这种时候，丈夫会极力坚持自己的主张没错，因为丈夫们深信从母亲那里继承下来的东西全都是对的。与此同时，丈夫的母亲也会支持丈夫的意见，此时丈夫和母亲很容易结成同盟。

那么怎么做才能战胜丈夫的这种恋母情结，从而达到夫妻双方和睦相处的目的呢?

首先，做妻子的新婚伊始就和丈夫的父母住在一起，学习掌握婆婆的各种做法。这样努力几年之后，就能明白丈夫恋母情结的全部内容，从而使丈夫得到满足，甚至还有可能以此控制丈夫。

但是，很多妻子由于工作等原因做不到这一点，或者从一开始就回避这些事情，在这种情况下想要战胜丈夫的恋母情结，恐怕相当困难。

当然，也有妻子从一开始就完全无视婆婆和丈夫家庭的存在，由做妻子的重新对丈夫进行彻底的调教。要使这种调教成功的话，妻子必须付出极大的爱心。如果是抱着一种无可无不可的态度去做，几乎都将以失败告终，结果只能使丈夫的恋母情结更加严重，搞不好还会成为离婚的导火索。

为了避免这些过错，在结婚之前，女性应该仔细看清男方与母亲之间的关系，了解男方母亲的思维方式、价值观，小到烹饪方法等各个方面。如果在这些方面能有相当的部分和婆婆吻合的话，即使结婚后发现了丈夫的恋母情结，也不会因此受苦。

相反，如果自己和男方母亲的做法、想法很不一致，那么对于结婚问题就要再慎重地考虑一下，也许这才是一种万全之计。

有恋母情结的男人具有一个共同的特点，就是性情相当顽固。当然丈夫一方应该对恋母情结有所觉悟，主动从母亲身边离开，努力培养自己独立思维的能力，按照自己的意愿行事。

为了敦促丈夫有所改变，妻子应该不断地对丈夫进行刺激，如果丈夫达到了要求，就要尽量予以表扬。给丈夫一种虽然自己背叛了母亲，还有妻子可以取而代之的安心感。

也就是说，努力把丈夫的恋母情结转换成恋妻情结。

但是，丈夫的恋母情结是丈夫降生以来形成的一种宗教式的情结，不是一朝一夕能够改变的。

事实上对恋母情结批评起来相当容易，然而正是批评恋母情结的妻子本人，说不定在不知不觉中有朝一日也会希望自己的儿子产生恋母情结。这样一想，自人类在这个世界上诞生以来，男人的恋母情结，可以说是一个一直延续至今的永恒课题。

·第十六章·

老年初期忧郁症

丈夫们几乎感觉不到自己的衰老，始终认为自己还处于开拓未来的盛年期，而当衰老有一天突然降临时，丈夫们由于一下子适应不了而不免有些惊慌失措。

老的感觉

丈夫们究竟从什么时候开始感觉到衰老？

这方面可以说因人而异，然而从总体上来说，丈夫开始感觉衰老的时间，比妻子对老的感觉要来得晚得多。

大多数的妻子，也就是女性们一进入 30 岁，就会感觉到自己老了。她们每天都要三番五次地照镜子，抱怨这儿生出一条小小的皱纹，那儿的面部肌肉弹性少了一点儿。女性越是在乎自己的容貌，越是时常感到自己在变老。特别是一过 40 岁，女性就会更加切实地体会到变老的感觉。其实说得准确一点，这只不过是皮肤的衰老，说人衰老有点儿夸张，但是每天都在切实地感到年龄的增长，却是毋庸置疑的。

与女性相比，男人或者说丈夫们，同样也能感到自己在变老，只是在程度上可以说要比妻子们轻得多。

当然随着进入 30 多岁、40 多岁，丈夫们的身体不再像从前年轻时那么灵活，丈夫们心中明白无论是跑步、游泳，还是打棒球，甚至吵架，都不会再有 20 多岁时的那种精力和干劲了。每天早晨丈夫们照着镜子一边刮胡子，一边发现自己脸部的肌肉在一点点变松，而且对逐渐增加的白头发也十分在意。

但是丈夫们肉体上的这种衰老对于他们的现实生活却几乎没有产生什么不良的影响。

与之相反，随着年龄的增长，丈夫们的社会地位不断上升，开始负责一些重要工作，同时部下的人数也在增加，他们对自己的所作所为开始充满了信心。而且现实生活中肉体上的衰老，对丈夫们的工作也没有产生什么副作用。人到中年的丈夫们，男子汉的风度和思想内涵全部到位，他们比 20 多岁的时候更受女性欢迎。

这样，妻子们每天生活在日益衰老的感觉里，与之相比，丈夫们的精力都集中在社会地位的升迁上面，对老的感受程度比妻子们要淡薄得多。

但是丈夫与妻子能否及早察觉衰老，对今后的生活道路，将会产生很大的影响。

首先，妻子们从很早开始就已经感到自己在变老，对衰老有了相当的认识和心理准备，一旦衰老真正来临，也会有自己相对的应付措施。

但是，丈夫们几乎感觉不到自己的衰老，始终认为自己还处于开拓未来的盛年期，而当衰老有一天突然降临时，丈夫们由于一下子适应不了而不免有些惊慌失措，应付衰老的措施也就不可能顺利地得以实施。

那么丈夫们在什么时期最容易开始感到衰老呢？具体情况人各不同，但是一般认为，多数丈夫是从 50 岁出头开始感觉到的。在 30 多岁到 40 多岁这一阶段，他们几乎完全没有感到过衰老，当到了 50 岁，进入了白领生活最后一个阶段的时候，突然会被一种急刹车或者虚脱的感觉紧紧抓住。他们开始产生不安，认识到从现在起人生的道路未必一直笔直向前，有时候会停顿，说不定还要出现后退。

在公司到了这个年龄，有望继续升迁的人和升迁无望的人，已经被严格地区分开来。升迁无望的人今后要比现在更好几乎是不可能的了。从 50 岁开始，从部长升到董事，或者是常务、专务，甚至社长，在这种向金字塔顶端攀登的权力争夺战中，能赢的人极少，绝大部分的男人将在此后的十年当中，成为公司不再需要的人。

当这种残酷的现实突然摆在男人们面前时，进入 50 岁的他们开始感到困惑、惊慌。他们重新凝望镜子，发现自己完全变成了一副中老年男人的样子。迄今为止，几乎没有过衰老感觉的丈夫们，由于心理上没有充分的准备，所以这种冲击显得非常大，从这个时候开始丈夫们的身心都会变得衰弱起来。

老年初期忧郁症

最近经常听到“男性更年期”这个词。

众所周知，更年期本来是女性专用的词语，是女性从 40 多岁到五十多岁之间，由于绝经而产生的各种精神障碍的总称。

女性更年期在肉体上出现了绝经这种生理现象的变化，但是对于男人来说，肉体上却没有这种变化，所以很多人对男性更年期感到有些意外。但是，很多男人都有类似女性更年期时的那种精神障碍的症状,为了和女性更年期相区别,我们称之为“老年初期忧郁症”。

男人的老年初期忧郁症，出现于 50 多岁到 60 多岁这段时间里，一般来说，首先是全身无力，接着开始出现逃避与人交往，对事物冥思苦想，失去进取心等精神上的种种障碍。

老年初期忧郁症的诱因就是男人 50 岁前后突然袭来的那种实际的衰老感觉。丈夫们突然看到自己的将来从此以后只有一条下坡路可走。社会地位就不用说了，就连身体也开始衰老，往日的青春从此不再。加之这个时期，孩子们已经开始独立，不再需要父亲的援助。更有甚者，有时父亲主动联络一下子女也会受到冷遇。而且妻子也是自顾自地和朋友们一起外出活动，在外边吃饭、聊天，对丈夫视而不见。

也就是说不论在公司还是家庭里，丈夫渐渐变成了一个不再被需要的人了。

在认识到这种实际情况的瞬间，丈夫们开始躬身自问，自己辛辛苦苦地工作到现在，究竟是为了谁，为了什么目标努力至今？所有的一切都成了问题，空虚感越来越强。

随着这种忧虑的加剧，丈夫们慢慢变得垂头丧气，不久以后便陷入一种忧郁的状态之中。

老年初期忧郁症正是由于以上的契机引发的，发展下去就会出现失眠、头痛、盗汗、食欲不振等症状，也就是朝着男性更年期综合症发展。

不管是社会精英，还是官运亨通的政要，这种突如其来的衰老感对他们来说都是一样的。长期以来，他们按照自己的人生设计从部长向董事、常务、社长进军，人生可谓是一帆风顺，没有任何可怕的东西。

而且男人的地位越高，对衰老的实际感觉也会越少。这些人的衰老实际上已经来临，只是地位掩藏了这种衰老，权力也在一旁助威，使人觉得衰老与自己无缘。

这种人一旦丧失了地位，那么失落感会比任何人都强，不少人因此急剧地陷入一种空虚的状态，有人甚至因此失去了健康。

从以上种种情况可以看到，因为迟早会感到自己衰老的来临，如果早一点察觉的话，所受的打击会轻一些，而且不容易出现严重的后果，还可以让自己早一点变得成熟。

男人们相对自己的年龄来讲较为幼稚，而且还保留着一些孩子气。到了一定的年龄也觉察不到自己的衰老，换言之，就是自己蒙住自己的眼睛，不去面对有朝一日总要面临的事情，这可以说是一种哄孩子的把戏。

妻子的支持

随着年龄的增长而走向衰老这一事实，对于丈夫和妻子都是相同的。不管心理上如何拒绝，人生的秋天都会在不知不觉中到来。

如何面对和度过，关系到此后的人生走向。

受到从公司到家人、朋友冷遇的时候，不少丈夫精神上会因此急剧衰弱，变得不爱说话，不久之后还可能染上各种疾病，甚至迅速走向死亡。丈夫们老后的各种疾病，许多都是由心理上的原因造成的。

有些丈夫虽说不至于到这种地步，却也是从此失去了精气神，似被秋雨打湿了的落叶一般。

可喜的是丈夫们当中还有一些人不会那么沮丧，退休之后也保持着一种开朗乐观的生活态度。一般来说，这些丈夫都有一种正面意义上的迟钝，对周围的事情不太关心，也不是全心全意扑在事业上的工作狂。越是这种我行我素、随心所欲生活的人，老后健康的比例越高。

总之，和妻子相比，丈夫们发现自己步入人生之秋的时间要晚得多，而这些愕然失措的丈夫们的最大救世主，除了自己的妻子以外别无他人，这时妻子的鼓励和支持是非常重要的。在这段时期，妻子应该主动地接近丈夫，一起聊天，一起去餐厅吃饭，一起外出旅行。两个人在一起的时间越多，丈夫重新恢复开朗健康状态的机会也就越大。

下面介绍一下我认识的两位朋友是如何从老年初期忧郁症中解脱出来的。

一个朋友是一位 62 岁的男性，退休后一直窝在家里哪里也不去，同时每天服用治疗忧郁症的药。但是他的妻子突然因脑溢血病倒了，四肢瘫痪需要人照顾。

丈夫患有忧郁症，妻子又过上了轮椅生活，可谓是雪上加霜，周围的人们都非常同情并为他们担忧。但出人意料的是自从妻子病倒开始，丈夫却逐渐健康起来，每天忙于照顾妻子，同时摆脱了老年初期忧郁症，变得十分乐观开朗，夫妻关系也十分和谐。

这是由于妻子患病，非常需要丈夫的帮助，而丈夫感到了自己的被需要，重新振作起来，从而摆脱了老年初期忧郁症的困扰。

还有一个朋友是一位 65 岁的男性，患的也是老年初期忧郁症，他在妻子和孩子的敦促下，勉勉强强地踏上了边走路边化缘的寻访四国地区寺庙的旅程。

开始的时候他当然是经常叫苦，走了三分之一的路程以后，这个丈夫慢慢地恢复了健康，回来的时候他已从老年初期忧郁症中完全解脱了出来。

这种情况是被集体活动带动着，重新接触到了忘却已久的大自然，再加上进入了一个有信仰的世界，从而克服了老年初期忧郁症。

从这两个例子我们可以看到，因患忧郁症而躲在家中不肯出门，不去努力改变现状，忧郁症是很难治好的。

·第十七章·

退休后的乾坤倒转

很多丈夫退休以后，还是会迅速靠拢妻子，与妻子相依为命。

一般来说，夫妻之间的关系从丈夫退休开始会出现一些微妙的不同。

之所以这么说，是因为退休之前，丈夫一直在外工作，把收入带回家里，供养妻子和孩子，支付住房贷款和子女的教育费用等。但是退休以后，丈夫不再出去工作，也不会再拿工资回家。当然，也不是说丈夫的收入等于零，丈夫通过长年工作，退休后可以拿到一笔退休金，但是像以前那样，通过上班每月领取一次工资的情况就没有了。

也就是说丈夫退休以后，以前那种抚养妻小的家庭顶梁柱的形象，变得遥远起来。从这个时候起，夫妻之间的关系也随之变化。

丈夫与妻子的地位逆转

表现最为明显的是，家庭中丈夫的地位开始出现地基下沉现象，相反，妻子的地位却开始上升。这种一方下降一方上升的现象，可谓一种必然结果。

具体来看，首先是因丈夫不再出去工作，待在家里的时间越来越多，相反，许多妻子在丈夫退休以后，还继续在外边工作。还有，妻子与女友之间的联络也会加强，她们一起外出的时间有增无减。同时，丈夫们从公司退休以后，朋友一下子就少了许多。特别是一心扑在公司工作上、所有人际关系都与公司业务有关的丈夫们，退休后会变得特别孤独。这种时候当然可以在街道、住宅小区或者公寓等重新结交新的朋友，但大多数的丈夫们会迟疑，都到了这个年纪还有交际的必要吗？而且丈夫们也缺乏积极主动与人交往的勇气。

对丈夫们来说，还有一点更为不利，男人们本来就是在一种论资排辈的社会秩序中成长的，他们的内心深处也刻上了这种论资排辈的烙印，即使退休以后也很难消失。

因此，丈夫们在街道委员会、住宅小区，或高尔夫球场、围棋会馆、象棋会馆遇到初次见面的人时，他们首先关心的是，对方在位于何处的哪一家公司工作，担任什么样的职务。

不用说，如果自己是作为一流上市公司的部长退休，一旦了解到对方曾经也在一家知名度很高的公司当过部长的话，两人可以说很快就能成为朋友。若对方以前只是一个无名公司里地位低微的普通职员，丈夫就不再有兴趣和对方交往下去了。

如此这般，丈夫们在退休以后要想交到新朋友十分困难。

与此相反，妻子们对社会地位或论资排辈，等等，却没有什么顾忌，只要兴趣相投，很快就可以成为关系不错的朋友。比如说某一家饭店的午餐或者某一个点心房的蛋糕物美价廉，妻子们就会蜂拥而至，围绕着午餐或者蛋糕的话题，大家马上就能成为不错的朋友。特别是有关美容的话题，比如说哪个品牌的化妆品好用，哪家美容院效果不错，或者听说在某家发廊里有一个相貌英俊技术出色的美发师，那么大家都会纷纷涌向那里。在这种场合，对方毕业于哪所大学，在哪家公司工作，是否是有钱人的夫人，等等，妻子们对这种事情没有多大的兴趣。

但是丈夫之间却没有那么多的共同话题，而且由于彼此以前的经历、各自的自尊心作怪，所以不大可能与对方坦诚相见，成为交心朋友。

这样，妻子的交友范围随着年龄的增长会不断扩大，而丈夫们的交际圈在退休之后却在迅速缩小，开始走向一条自我孤立的道路。

秋雨湿落叶现象

妻子在丈夫退休以后依然活跃地外出结识各式各样的朋友；与之相比，丈夫们退休后常常一个人在家闭门不出，很容易陷入一种孤独的状态。这样一来，家庭里的状况就开始变得与以前不同。

首先，妻子每次外出，丈夫都会追问妻子去哪儿、去做什么、几点回来，等等。

丈夫在妻子不在家的这段时间里一个人待在家里，即使是沏茶倒水这样简单的事也做得不尽如人意。当然不是说丈夫不能自己做饭、沏茶，但是长期以来丈夫们已经习惯了妻子的服侍和照顾，而且丈夫们也不习惯一个人在家。虽然妻子在身旁的时候总觉得很吵，一旦妻子真的不在的时候，又会觉得非常不便，而且倍感寂寞。

因此一听到妻子要出门，做丈夫的肯定会问：

“你去哪儿？几点回来？”

妻子回答说：“有两三个小时就能回来吧。”丈夫会特别叮嘱“早点儿回来”，但是很多妻子还是会很晚才回来。

遇到这种情况，一直等在家中的丈夫就会详尽地追问：“你去哪儿了？到现在都干了些什么呀？”

极有讽刺意味的是，在丈夫退休之前妻子也曾追问丈夫同样的问题：“今天晚上有什么安排吗？几点回来？”若丈夫没有按照约好的时间回来，妻子一定会不满地唠叨：“为什么弄到这么晚才回来？”

当然，妻子对于像自己以前一样事事询问的丈夫，是觉得啰唆还是觉得很可爱，则根据夫妻关系而有所不同。

但是，如果妻子对丈夫的追问觉得厌烦的情绪日益增加的话，就会出现人们所说的“秋雨湿落叶现象”。

每当妻子要去做什么事情，或者去哪儿的时候，丈夫都会在乎，甚至会跟在妻子的后边。这样一来，从妻子这一方来看，丈夫就显得碍手碍脚，十分烦人。就好像秋天的枯叶落在地上被雨打湿以后，聚集在树根或马路周围，人们走路的时候总感觉碍事一样，类似的夫妻关系被人们戏称为“秋雨湿落叶现象”。这时的丈夫显得有点儿没出息，但这可以说是对丈夫们以前我行我素、为所欲为的一种报应。

即使还不至于到这种可怜的程度，但总体上来说，很多丈夫退休以后，还是会迅速靠拢妻子，与妻子相依为命。这其中还有一个理由，就是与妻子相比，大多数的丈夫体力衰退得较早。结婚的时候，丈夫一般来说都比妻子年长，再加上从人均寿命来看，女性比男性的寿命长近七年左右，如果结婚时丈夫比妻子大三岁，再加上七年，妻子要比丈夫多活十年左右（见图 17）。这样一想，丈夫退休后妻子们依然精神抖擞也是理所当然的了。反之，丈夫们则相对显得衰弱，需要依靠妻子。

以上种种原因加在一起，我们就可以了解，为何丈夫在退休之后，会主动向妻子示好甚至每天追随妻子左右，这是一般老年夫妻之间很常见的情形。

妻子的退休

还有一个问题就是，妻子也有退休一说。

这样讲也许有些难以理解，我举一对夫妻的例子来进行介绍。

这对夫妻之间的关系，是那种不好也不坏的一般关系，是那种随处可见、极为普通的一对夫妻。做丈夫的随着退休年龄的到来，有一天对妻子嘟囔道："总算从那种每天去公司上班，成天绷紧神经工作的日子里解放出来了，从此我就可以过上优哉游哉、随心所

图 17 日本人的平均寿命

（单位：年）

公 历	男	女	男女差
1947	50. 06	53. 96	3. 90
1950–1952	59. 57	62. 97	3. 60
1955	63. 60	67. 75	4. 15
1960	65. 32	70. 19	4. 87
1965	67. 74	72. 92	5. 18
1970	69. 31	74. 66	5. 35
1975	71. 73	76. 89	5. 16
1980	73. 35	78. 76	5. 41
1985	74. 78	80. 48	5. 70
1990	75. 92	81. 90	5. 98
1995	76. 38	82. 85	6. 47
1996	77. 01	83. 59	6. 58
1997	77. 19	83. 82	6. 63
1998	77. 16	84. 01	6. 85
1999	77. 10	83. 99	6. 89
2000	77. 72	84. 60	6. 88
2001	78. 07	84. 93	6. 86
2002	78. 32	85. 23	6. 91

注：1. 1995 年及 2000 年是根据完全数据统计。
2. 1970 年以前的数字不包括冲绳县在内。

（据日本厚生劳动省 2002 年《简易生命表》）

欲的日子了。”

丈夫这样说，妻子也就一言不发地听着。过了几个月以后，妻子对丈夫这样说道：“你退休了，当然是松了一口气，但是，我也想退休了。”

因为妻子原本就是专职主妇，所以丈夫用一种非常惊讶的表情回答妻子道：“但是你本来就没有工作呀！”

听到这句话，妻子反驳说：“不对，我长年累月干家务这项工作已经厌倦了，而且最近又一直在照顾你。我想从这种工作中解放出来。”

“什么？！什么？！”丈夫惊呆了。但是仔细想一下，妻子所言也不是没有道理。

本来家务事就堪称一种非常繁重的劳动，妻子离婚时可以拿到一定金额的抚恤金，丈夫死后妻子可以继承丈夫的遗产，这也是对妻子劳作家务事的一种认可。从这个道理来讲，从事家务劳动应该也有退休之日，妻子老后要求从照顾丈夫的家务中解放出来，这种要求未必过分。

当然，提出这种要求的妻子实际上只是极少数，但这可能也代表了大多数妻子的心声。

因此，为了不出现因妻子提出退休要求而愕然发呆的场面，做丈夫的在平时就应该多关心体贴妻子。

换句话说，不要等到退休以后才突然开始亲近妻子，至少在临退休几年之前，就要开始培养这种和妻子形影不离的习惯。同时，在妻子外出或者旅行的时候，丈夫一个人在家也不要手足无措，养成一个人自己做饭或者是在外面吃饭的习惯，再有就是记住自己的日常生活用品放在哪里，不要过分依赖妻子服侍，有必要对自己进行独立生活能力的锻炼。如果可能的话，退休以后还要确保自己有一些能够自由支配的零花钱。

再理想一点，如果想让自己过上即使受到妻子的冷遇也毫不在乎的那种生活，那么退休以前再交一个女朋友说不定是最好的做法。但是，如果真这样做的话，丈夫说不定在退休之前就会被妻子赶出家门。所以，还是从日常生活开始，对妻子做到温柔体贴为好。

而且，妻子之所以对丈夫的追随感到厌烦，也是因为丈夫们直至退休以后才开始主动接近妻子。如果不是丈夫这样长期的冷落，妻子们也不会有这种想法。

所以，丈夫们应该从更年轻的时候开始，就养成在妻子身旁鞍前马后的习惯，妻子也应尽自己所能创造更多与丈夫交往的机会。

总之，丈夫到了退休或者更老的时候，开始逐渐被妻子反击或者压迫，这是一般丈夫人生的必经之路。因此，聪明的丈夫在退休以前就应该尽可能和妻子分享时间、共话未来。

·第十八章·

退休之后如何生活

退休之后，怎样才能使生活变得更加充实、更加快乐呢？我的建议是积极主动地走向养老院，夫妻双方一起住进去。

丈夫退休以后，夫妻之间的地位开始发生逆转，其中丈夫依赖妻子或者追随妻子左右的倾向有所加强，这是第十七章论述的内容。

针对这一点，一位健康而精力充沛的女性说过这样的话：“退休后的丈夫们被人们称为‘笨重的垃圾’[1]，而且是一种还活着的笨重垃圾。”

的确，这垃圾的缺陷在于不能废物利用，也就是说不过是“产业废物”，由于丈夫们曾经也工作过，所以被称为“产业废物”也不为过。

这种说法尽管属于半开玩笑的性质，仍让人觉得十分辛辣无情。而这样的丈夫如何和妻子融洽相处，则是这一章要探讨的内容。

1 笨重的垃圾：日本对退休后既不能挣钱，又不会料理家务的老男人的一种蔑称，如旧家具、破冰箱等，要废弃还要付费。——译者注

追随妻子左右的丈夫

首先要考虑的是，丈夫退休之后应该怎样与孤独做斗争。

退休之前，丈夫外出工作时交往的大多是和工作有关的人。退休之后，丈夫在失去工作的同时，也失去了几乎所有与工作有关的朋友，被推入一个孤独的世界当中。

从这时起丈夫开始接近妻子、依赖妻子，但并不是所有的妻子都能满足丈夫的要求，与丈夫融洽相处。由于丈夫到退休之前都无暇顾及家庭，作为报复，有些妻子可能会无视丈夫的存在或者对丈夫非常冷淡。即使不到这种程度，由于本来一天都不在家中的丈夫，退休以后变得几乎整天都在家里，对妻子来说，在生活上没有比这更大的改变了。

在一起的时间过长，即使是父母和子女之间，关系过于亲近也会引起争吵，更不要说常年生活在一起、彼此之间已经感到有些腻烦的夫妻了，因而发生争吵也是必然的。

为了防止这种现象发生，应该如何去做才好？最好的方法就是在丈夫退休后，夫妻之间还是保持一定的距离。

具体说来，丈夫应该有自己的业余爱好或乐趣，比如说去钓鱼、打高尔夫球、侍弄家庭菜园、做木工，还有就是摄影、围棋、象棋，等等。有一些个人爱好的话，朋友也会多起来，丈夫一直腻在家里的时间也会减少。当然，如果妻子也对丈夫的某项个人爱好感兴趣的话，不妨两个人一起参与，夫妻之间的关系也会因此变得更加融洽。

但正如前文所言，丈夫在退休之后，还是很难和工作关系以外不相识的男人成为朋友，即使能够相互认识，话题也会不那么投机，和一起吃饭聊天就能成为朋友的妻子们相比，丈夫们在这方面存在着很大的差距。

那么，怎样才能改变这种状况呢？

丈夫要努力不让自己过分地依赖妻子。妻子外出去买东西，或者与附近的邻居交往，与女朋友们一起去吃饭，甚至去短期旅行，丈夫不要把这一件件的小事都挂在心上，要让妻子在外面自由地活动。也就是说即使妻子不在，丈夫也能够做到心平气和，或者把这看作增加了属于自己的时间，心情就会变得更加舒畅。换一个角度考虑问题，花些功夫使自己一个人的时间过得更加充实愉快。

但对于上了年纪的丈夫来说，如果要想达到这样的状态，就要做到妻子不在的时候，一个人也能生存下去。所以，丈夫极有必要培养自己的独立生活能力。

丈夫的自立

一般来说，如果丈夫比妻子先去世，那么妻子过一段时间就能恢复过来，并可以长寿；但如果妻子先去世，丈夫多半会迅速萎靡不振，许多丈夫在妻子死后几年里，就会追随妻子而去。

这是由于丈夫和妻子孤身一人的时候，生命力的强弱完全不同，同时也充分体现了男人和女人根本上的不同。

首先，男人比女性更加害怕孤独，并缺乏独立生活的能力。男人似乎显得非常强大，但这只是表象，隐藏在其后的却是精神上的软弱。年轻的时候，这种软弱为青春所遮掩，随着年龄的增长，表象逐渐随流逝的时光剥落，丈夫们的脆弱慢慢凸显，表现得最明显之时，就是丈夫们退休以后。

丈夫们到退休为止一直在外工作，几乎一点儿也不分担家务事。但是，如果不擅长家务，当丈夫老后变成孤身一人的时候，就会对自己的生活产生直接的影响。也就是说在生活方面不能独立，再加上天生害怕寂寞，而且不擅长社交的话，丈夫很快就会衰弱下去。

这种时候，衰弱得最为厉害的丈夫，就是那种被妻子照顾得无微不至的丈夫，也就是和所谓贤妻一起生活的丈夫。这些丈夫们在日常生活中被妻子照顾得十分周到，几乎没有做过半点儿家务。妻子一去世，丈夫马上就会举双手投降，失去了继续生活下去的气力。

相反，在日常生活中受到妻子冷落的丈夫，反而能够自立，一直自己做饭、洗衣服的丈夫们，即使自己的妻子亡故了，也不会像泄了气的皮球一样，他们反而会保持一种健康的精神状态。

从这些具有讽刺意味的生活现实来看，和那些无微不至地照顾丈夫的妻子相比，这些冷遇丈夫的妻子，却在一定意义上促使了丈夫们的自立，使这些丈夫在妻子去世以后，也能健康地生活下去。从这种意义上来说她们倒是起到了良好的作用。

据说，妻子比丈夫先去世的话，丈夫平均三年后也会去世。

相反，丈夫比妻子先去世时，妻子在丈夫去世之后却会越来越精神，据说平均还能活上十五年。

这也就是妻子的结婚年龄比丈夫要小的原因，十五年是三年的五倍，由此可见现代女性生命力之强大。

同时，面对丈夫失去妻子后的这种软弱表现，也许有些妻子会大言不惭地说："正因为担心如此，我才会冷遇丈夫的。"相反，那些对丈夫百般照顾的贤妻可能也会说："我就是希望万一自己先死了，丈夫也可以立刻随我而去，所以我才会对丈夫那么无微不至地进行照顾。"

总之，丈夫们为了在退休之后仍然可以健康、自立地生活下去，有必要摆脱家务不上手的状态，对自己进行一定的训练。

银座的养老院

退休之后，怎样才能使生活变得更加充实、更加快乐呢？

我的建议是积极主动地走向养老院，夫妻双方一起住进去。

很多人会问："我还健康，而且还有孩子们，为什么我要住进养老院？"我所说的养老院，是那种为健康正常的老人们准备的，房屋非常漂亮、气氛十分明快的养老院。

在日本现在还有很多人认为，养老院是为身有残疾，或者患有老年痴呆症、没人照顾的老人准备的地方。但是在欧美国家，为健康人准备的养老院遍布全国各地。

这种设施在日本也在慢慢增加，不久的将来，在日本各地一定也会建成很多新的养老院。

这种养老院的好处，首先是非常安全。退休之后的老夫妻住在一栋独门独户的小楼里，从房间的打扫到院子的修整，工作相当繁重；如果什么时候被人偷袭的话，也难以防范。在这一点上，新型的养老院的安全设施非常完善，而且那里工作人员的服务水平也跟饭店一样，可以使人安心地在那里生活。

即使这样，许多夫妻还是想和自己的孩子一起生活，然而高龄夫妻和年轻夫妻，一般来说是不适合生活在一起的。老年人和年轻人，本来从血液循环到脉搏跳动次数，还有身体的机能都完全不同，处于两个完全不同的生命时期，如果住在一起过于接近的话，必然会引起冲突，甚至争吵。为了避免这些，老年人应该跟年轻的孩子们保持一定的距离。

而且在新型的养老院当中，同龄的老人很多，大家在一起进行各种各样的运动或者一起做游戏，能享受卡拉 OK 等各种设备，另外还有为女性准备的美容美发的地方，以及刺绣、绘画、制陶、俳句等各种讲座。

因此，住在这种养老院里，可以把丈夫从退休后的孤独中解救出来，在和大家一起愉快生活的过程中，丈夫们会重新燃起从事各种活动的欲望。

养老院中还有一点最受欢迎的，就是省去了做饭的时间和麻烦，而且有日餐、西餐、中餐等可供自由挑选。妻子们也没有必要再去考虑菜谱，煮饭烧菜了。

在养老院里，即使丈夫受到妻子的冷遇，也几乎没有什么可发愁的事了。

另外，日常生活中如有什么需要，马上就可以得到服务，医疗护理也非常到位，令人感到十分放心。养老院里的工作人员都受过看护和社会福祉教育，比起饭店的工作人员更加亲切，待人开朗热情、服务周到。

入住这种养老院的条件是，夫妻双方有一方超过了 60 岁，就可以入住，当然单身一人也可以入住。金额根据养老院的所在地和房间大小的不同，收费标准有所不同。在东京近郊，比如说神奈川、琦玉等地方，两室一厅的房子，一个人需要三千万到五千万日元。

当然，这些钱不是用来购买公寓，而是购买养老院中那套房子的居住权，夫妻双方到去世为止都可以自由地使用。另外，每个月还需付管理费和伙食费，伙食费按夫妻的实际消费计算，夫妻两个人每月有十五万到二十万日元就足够了。

根据养老院的价格，入住同一养老院的老人们，经济条件大都十分相近，所以有一个好处，就是大家更容易亲密相处。

以上简要地介绍了新型养老院的概况，以后这种设施在城市市区，特别是在中心地段也会逐渐建立起来。

因为对老年人来说，需要一些有益的刺激，如果附近有雅致的餐厅、咖啡厅，还有漂亮的专卖店、电影院、剧场等，那么同住一个养老院的相亲相爱的伴侣，一起出门就方便多了，而且也会变得年轻。

我在 2003 年 6 月底，出版了一本名为《复乐园》的小说，这本小说正是以一所优雅的养老院为背景，描写了在一群健康老人中发生的美丽故事，塑造了一批高龄者的青春形象。

小说的场景就在银座，很多读者会感到非常惊讶："银座有养老院吗？"其实现在银座附近的筑地，已经打算建设养老院，所以在银座享受老年生活也不完全只是一个梦想了。

在银座这样热闹的繁华地区如果建设舒适优雅的养老院的话，那么退休以后有充裕的时间当然不是件坏事。美好的青春一定会再一次降临。

如果这样想的话，退休之后面临的那种寂寞，就会像乌云一样被风吹散，而且也会产生信心，渡过退休这个难关，快乐地生活下去。

·第十九章·

一夫一妻制何去何从

一夫一妻制不是一种最佳的婚姻制度，其本身存在着各种各样的问题，因此，在不久的将来的确有可能发生翻天覆地的婚姻革命。在展望未来的同时，为人夫为人妻的男男女女们应该慎重思考一下，最适合自己的婚姻方式。

随笔写到这里就是最后一章了，最后，我站在一个身不由己作为丈夫的男人立场，围绕一夫一妻制这种婚姻制度进行一下探讨。

问题何在

众所周知，现在一夫一妻制在世界上的大部分国家都得到了广泛承认，是人们普遍采用的婚姻制度。

当然，在伊斯兰教国家和地区还存在着一夫多妻制，另外，还存在以母系社会为基础的一妻多夫制，以及半夜走婚的婚姻形式。

世界上几乎所有的男女都会认为，到了适当的年龄，爱上一个异性然后结婚，是一件再正常不过的事情。也就是说，几乎所有人对于一夫一妻制，都不会抱有任何疑问和不满。

虽然这样，但是这种制度作为现行的婚姻制度，是否真的就是最好的呢？其实，一夫一妻制也存在着一定的问题。即使从最大公约数上来看，这种婚姻制度是最好的，但其本身多少也有一些缺憾，事实上其中有一部分已经不再适合这个时代，或者说有一些东西本身并不符合人性。

这里先对一夫一妻制的本质进行一下具体的分析，最引人注目的就是，一夫一妻制是一种极为平等的民主制度。

这样说，人们当然认为这是一种十分美好的制度。实际上，平等、民主正是现代化国家共同宣扬的一种理念。

但是，这些始终是从基本人权和参与政治的权利等角度来讲的平等，然而现实生活及其生活方式其实离平等还差得很远，而且有着丰富多彩的变化。

在作为生活基础的个人能力上，实际上存在着强弱各异的差距，从最好的到最差的，各种程度都有。

就拿男人来说，有非常优秀、奋发上进、身体健康、相貌英俊、充满活力，做任何事情都积极主动、奋勇向前的一类人；也有愚钝懒惰、身虚体弱，干什么都打不起精神，凡事都想依靠别人的另一类人。

对女性来说也是同样，有家庭出身好、头脑聪明、性格开朗大方，从长相到身材都出类拔萃，受到大家众星捧月般爱戴的女性；也有一些身材长相皆差、性格阴郁、经常爱说怪话，除了贬低他人没有其他想法的女性。

不管一个人拥有什么样的能力和长相，也不管这其中存在着多大的差距，按照一夫一妻制，一个男人或女人结婚的时候只能是一对一的关系，只有这样的婚配才被承认。这其实是一种非常极端的平等主义。从每个人的能力来看，可以说并不十分合理，或者说是一种不自然的制度。

现在，在几乎所有的国家里，和穷人相比，有钱人住着宽敞漂亮的豪宅，穿着昂贵而高雅的衣服，享受着精美的饮食，但是为什么一到结婚这个问题上，就只能一对一了呢？为什么不能追求更加享受的生活？

也有人持类似的看法，甚至还有些人认为，如果是一个真正有能力的、能够包容他人的男人，就可以有更多的妻子，这样更为符合人性。

实际上，在动物世界里，强有力的雄性动物身旁，总环绕着许多雌性动物；而力量弱小的雄性动物，一辈子都得不到雌性动物的青睐。另外，有些雌性动物本身也会挑起雄性动物之间的争斗，然后根据争斗的结果，依附胜利的一方。它们出自本能挑选强有力的雄性动物的遗传基因，留给自己的下一代。

当然，在人类社会，像动物一样婚配不免过分，但所有男人和所有女人，永远只有一对一的婚配才能得到承认，是一种过于在乎原则、太过单纯的制度。

在现实生活中，有能力的男性和与之匹配的优秀女性结合在一起，没有能力的男性和不那么出色的女性结合在一起，这就诞生了所谓门当户对的配偶。从中可以得出一个极讽刺的看法，就是一夫一妻制实际上是救济缺乏魅力的软弱男人的一种制度。

说得再具体一点就是，任何男性只能跟一个女性结婚，而没本事的男性从理论上讲也可以得到一个女性与之相配，从而结婚。

然而，现在不是所有的女性都一定想结婚，在女性当中也有人认为，与其和没出息的男人结婚，不如成为出类拔萃的男人的情人，对自己更为合适。

还有，如果找不到自己理想的男性就不结婚，这种女性现在也在逐渐增加。在东京这样的城市，据说有近 30% 的适龄女性还没结婚。这样一来，结不了婚的男人也会增加，当然也有不少男性，因为找不到理想的女性，继续过着独身的生活。

这种现象在某种意义上，不能不说是一夫一妻制的问题所在。特别是在一些比较封闭落后的地区，没有结婚的话，精神上要承受方方面面的压力，一些女性出于无奈才走上结婚这条路，很多没出息的男人托此福得以成婚的比例不低。从这一点上来说，这个制度的确救济了很多没有出息的男人。

习惯与激情

一夫一妻制存在的问题中，还有一点值得考虑，就是夫妻之间习惯与激情的问题。

具体一点来说，就是夫妻结婚之后住在同一个屋檐下，两个人在一起的时间剧增，互相变得亲近习惯起来。但另一方面，双方的欲望激情却会因此减退。

这个问题，在前面第五、第六章中已有介绍，男人和女性相比较，男人向往外边花花世界的现象比女性要多得多，因此现实生活中，丈夫有外遇的情况非常之多。

当然，即使同是男人，因人而异，情况多少也会有些不同，但总体来说，男人比女性容易拈花惹草，而且这种现象不仅出现在人类社会，在动物世界里雄性动物和雌性动物相比也是同样。

那么，为什么雄性动物容易见异思迁呢？那是因为男人性方面的激情（欲望），会随着彼此相互习惯而逐渐消失。换一种说法，丈夫与妻子之间的习惯和激情是成反比的。

有人会问："为什么？"我只能回答，事实的确如此。

男人在性方面总是追逐新鲜事物，对未知的东西充满了火热的激情。与之相对，妻子们的欲望激情，随着与丈夫关系的亲密熟悉及相互信赖以后，性快感会逐渐增强。但多数的丈夫对妻子的欲望激情，却随着时间的流逝逐渐淡漠；而且随着家庭生活日复一日的重复，缺少罗曼蒂克的氛围，所以不少丈夫失去了和妻子做爱的兴趣。而伴随婚姻生活的继续，妻子怀孕、生产、做了母亲以后，丈夫对妻子性上的要求会更加淡薄。

在孩子出生后，丈夫开始把妻子叫作"妈妈"，自己也被称为"爸爸"。在和妻子共同养育子女的过程中，对孩子越是专注，和妻子做爱的次数就会越少。

实际上孩子生下来之后，夫妻之间的做爱次数确实减少了很多，许多中年妻子诉苦说，和丈夫之间的性生活不要说一个星期一次，现在是一个月一次，有时甚至一年到头也没有几次。

那么，一夫一妻制对夫妻们又有什么好处呢?

好处非常明显，就是这种制度对于生育孩子、养育孩子可以说是一种极为理想的制度。也可以说是一种极为合适的制度。但是这对于点燃夫妻之间的情欲之火并使之熊熊燃烧，却只能说是一个差强人意的制度。

换言之，夫妻双方养育子女、把自己的爱情结晶留在这个世界上，是以牺牲双方的情欲为代价的。但是同时，对于夫妻双方共同养育孩子，一夫一妻制又是一种十分行之有效的制度。

在动物世界里，雄性动物在雌雄动物生下小动物后一起抚养，但小动物一旦长大，便各奔东西了。然而，在人类社会中，父母双方共同养育子女，孩子长大以后，一家人也还是相亲相爱、互相守护，这些是只有在人类社会才能产生的美德。

特别是对必须直接承担养育子女义务的妻子来说，一夫一妻制是一种可以使人安心的保障。

当然，代价就是夫妻之间失去性方面的激情燃烧，即使事实确实如此，但是却建立了一个温暖的家庭，彼此充满爱心，团结互助。所以，从家族之爱的角度来看，一夫一妻制可以称得上是一种理想的制度。

各种各样的婚姻形式

在此我们了解到了习惯和激情之间的矛盾关系后，如何进行调解妥协，才能使夫妻之间融洽相处呢？作为一夫一妻制存在的问题，这是一个不能不考虑的要点。

首先要指出的是，一夫一妻制的男女婚配数字上的平等，可以说不是一个容易改变的事情。即使以为了保存优秀种子这个动物世界的规则为理由，提出承认一夫多妻制的话，也会遭到几乎所有女性的反对；而且男人同时拥有多名妻子的话，不说经济上的负担，就是精神上的负担也相当沉重。真正能做到这一点的，想来也只限于极少的一部分男人。

比一夫多妻制更为现实的是，成为一个有能力的男人的情人，一边充分享受这个男人给予自己的爱情，一边为其生儿育女，也就是成为未婚妈妈。实际上这种爱情方式，既通过生儿育女使自己所爱的优秀男人的基因得以延续，又摆脱了由于男女距离过近而使性爱变得一成不变的局面，是一个非常有效的方法。未婚妈妈从今以后也许会逐渐增加，但由于这种做法违反了社会道德，实行起来需要有相当的勇气。

但是，如果女性有工作能力，而且对那个男性的爱又是压倒一切的，那么这的确不失之为一种选择。

问题在于那些没有这种勇气和决断力的妻子们，她们和现在的丈夫住在一起，埋没在庸庸碌碌的日常生活当中，逐渐丧失了欲望激情和浪漫情怀。对这些人来说，怎样才能打破目前这种充满惰性的夫妻关系呢？

要想改善上述的夫妻关系，不用说就要消除那些会造成不良后果的诱因。因此要把过于习惯的夫妻关系，改变成一种年轻的、具有新鲜感的夫妻关系。

也就是说夫妻之间，需要有一种对彼此有益的紧张感，要点燃夫妻之间相互爱恋、彼此倾慕的火花，具体方法有如下几种。

首先，在日常生活中夫妻总是待在一起，是丧失彼此之间新鲜感的主因。只要不对抚育孩子产生影响，夫妻应当尽量外出，去五光十色的场所结交各行各业的人。比如说一起到外面吃饭，还有尝试出席有形形色色的夫妻参加的晚会。

特别是外出与其他夫妻交往，仅此一点就可以增加夫妻之间的紧张感；还有夫妻一方一旦增加了出现外遇的可能性，这也会成为一种刺激，也可以掀起夫妻之间一层新的情欲浪花。

其次，如果还想要更进一步的话，夫妻之间应该保持一定距离，在周末相见，双方各自过自己的生活，想要见面的时候再见面。

这样做的话，也许有人会认为这是分居，但是在日本从平安时代开始，就有了走婚这样的制度，男女双方都可以享受相当自由的爱情。

当然，现在这种走婚形式已经很难实行了，在农村的话周围的人不会允许，在城市分开住经济上负担过大，所以也很难实现，而且很多人也会担心夫妻双方因此容易出现外遇。

但是，在女性经济上走向自立的同时，今后这种周末婚、别居婚的婚姻形式一定会有所增加。

实际上，夫妻双方共同工作的时候，妻子并不一定就能跟随丈夫，去丈夫赴任的地方生活。有不少夫妻也是没有办法才分居的，我知道的就有三对这样的夫妻。

一对夫妻东京、大阪天各一方，一对夫妻东京、福冈天各一方，还有一对夫妻东京、纽约隔洋跨海天各一方。第一对夫妻每个星期往返于东京、大阪之间，所以又可以称作周末婚。东京、纽约天各一方的这对夫妻，在子女教育上存在着问题，但由于妻子从事媒体方面的工作，所以离不开东京。

随着人们活动范围的越来越大，这种两地分居的夫妻人数也会日益增多。

还有一种婚姻，就是即使结了婚也不登记的婚姻，也就是人们所说的自由婚。这种不安定的因素会给夫妻之间带来一种新鲜感，而且彼此之间存在着一种紧张感，夫妻二人可以尽情享受激情。

这种自由婚就我所知范围内，已经有两对夫妻在身体力行，他们的感情都非常好。

还有就是同居在一起，双方互相不进行约束，如果一方有了另外喜欢的人就分手，也就是夫妻关系不那么纠缠不清的同居婚姻。

总之，分居婚、周末婚、自由婚、同居婚、走婚，还有未婚母亲，等等，不包括在一夫一妻制范围内的各种婚姻形式，从今往后会逐渐有所增加，结婚形式本身也会变得形式各异。

也就是说，一夫一妻制将慢慢走向多元化，取而代之的是男女各自自由选择适合自己的男女关系。这一点是我的预测。

当然，在众多的夫妻当中，有些夫妻对现行婚姻制度下的生活十分满足，感到非常幸福；相反，也有一些夫妻却抱有很大的不满。而在将来，他们或许会有更多的选择。

总之，一夫一妻制不是一种最佳的婚姻制度，其本身存在着各种各样的问题，因此，在不久的将来的确有可能发生翻天覆地的婚姻革命。在展望未来的同时，为人夫为人妻的男男女女们应该慎重思考一下，最适合自己的婚姻方式。

*****

尾声

丈夫为云

青年的丈夫如飘浮在天空中的云，
总是软绵绵的，无所依靠；
中年的丈夫如游荡在天空中的云，
不停地变幻着，捉摸不定；
老年的丈夫如覆盖在天空上的云，
整日镇守家中，乌云漫天。